品味
宋词
上

品味宋詞《上》

編著　曹子恩
責任編輯　李文燕
內文排版　王國卿
封面設計　姚恩涵

出版者　培育文化事業有限公司
信箱　yungjiuh@ms45.hinet.net
地址　新北市汐止區大同路3段194號9樓之1
電話　（02）8647-3663
傳真　（02）8674-3660
劃撥帳號　18669219
CVS代理　美璟文化有限公司
TEL／(02)27239968
FAX／(02)27239668

總經銷：永續圖書有限公司
永續圖書線上購物網
www.foreverbooks.com.tw

法律顧問　方圓法律事務所　涂成樞律師
出版日期　2018年04月

國家圖書館出版品預行編目資料

品味宋詞 / 曹子恩編著.-- 初版.
-- 新北市 : 培育文化,
民107.04　面 ;　公分. -- (益智館 ; 20)
ISBN 978-986-95464-9-2(上冊 : 平裝)

833.5　　107001656

前言

詞，又稱長短句，在中國歷史上，以宋朝時期詞的成就最高，所以人們常以唐詩宋詞並稱。宋詞不乏唐詩的意境，又多了一份詞的韻味，讀來朗朗上口，不但爲當時的文人墨客所喜愛，也常爲後人、包括今天的人們所吟誦。

簡單地說，因爲從宋詞中能講出人生的情趣 讀出文學的高雅。

宋詞的精髓就在於一個「美」字：有傷感之美，有豪邁之美，有「小橋流水人家」的情趣之美，有「壯懷激烈」的胸懷之美。宋詞的力量在於一個「悲」字。最震撼心靈的戲劇都是悲劇。同樣，宋詞也是一種悲劇的藝術宋詞中有描寫邊塞生活的，有描寫市井生活的，有描寫宮廷生活的。透過品味宋詞，不僅可以得到藝術上的享受，還可以從這些文字中走進那個時代，走進那個時代的生活，也走進詞人的內心世界。

宋朝的中、晚期，隨著金、元的不斷入侵，戰亂頻繁，在正義與非正義的較量中，湧現出一批可歌可泣的文臣武將，其中既有傳奇色彩的楊家將、岳飛等，也有辛棄疾、陸游等愛國詞人，讓我們在宋詞中去感受那些民族脊樑們的愛

國情懷，並在感歎之餘，奉上我們無限的敬意。

每一個特定的時代似乎總會出現一些讓人傷懷的事情，這些事情的進一步深化便成了歷史上的悲劇，有受封建禮教束縛的愛情悲劇；也有愛國志士遭佞人讒害致死的悲劇；更有大好河山落入旁人之手的千古遺恨。在這一幕幕的悲劇中，詞人用他們特有的手法書寫著、記錄著，留給後人深深的啓迪。

抒情是宋詞創作的主要動因之一，在這些言志、抒情的詞篇中，有對現實生活的無奈，有對當政者的不滿和憤慨，也有對人生的真實感悟。

宋詞是中國古典文學寶庫中的一塊寶玉，瞭解詞作背後許多感人至深的故事，是提高文學素養、培養豐富情感的好辦法，是值得推薦給大家的一本好書。

生活之情篇

愛國豪情篇

追憶往事篇

友情篇

生活之情篇

文學的核心就是對現實生活的描述和演繹，宋詞是優秀文學體裁的代表，也有許多描述社會生活的佳作，其中有描寫邊塞生活的，有描寫市井生活的，還有的是描寫宮廷生活的。透過品味宋詞，不但可以得到藝術上的享受，還可以從這些文字中走進那個時代，走進那個時代的生活，也走進詞人的內心世界。

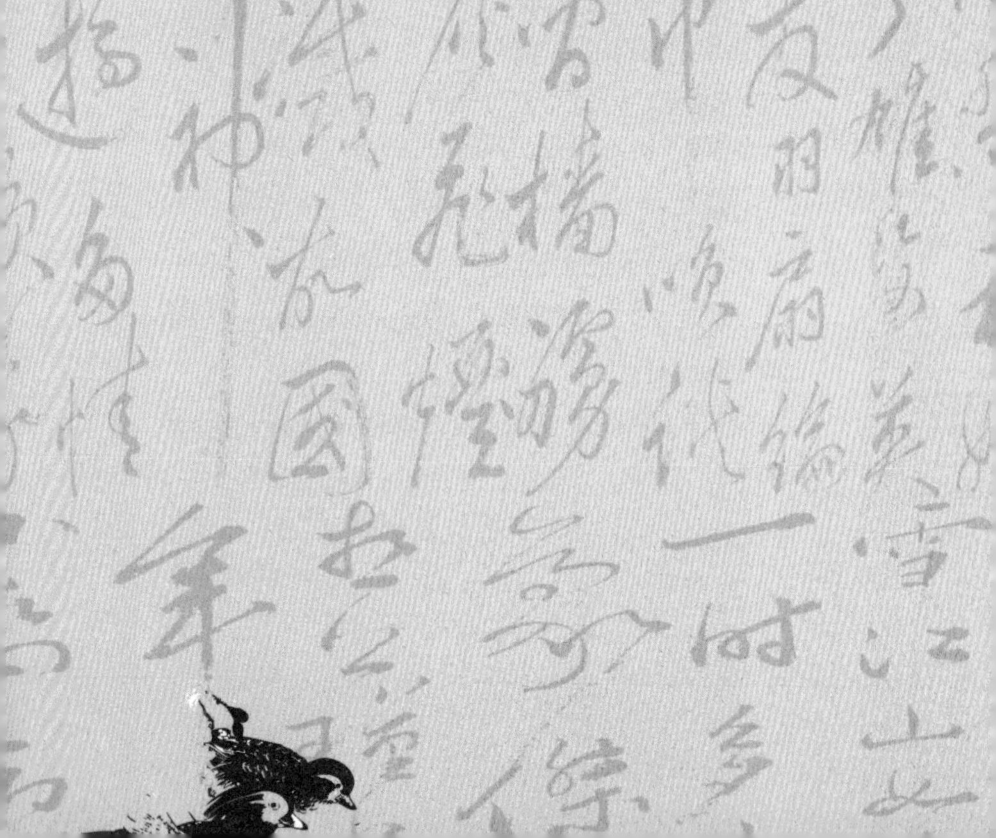

賦得佳作得金杯

鷓鴣天

——竊杯女子

月滿蓬壺燦爛燈，與郎攜手至端門。

貪看鶴陣笙歌舉，不覺鴛鴦失卻群。

天漸曉，感皇恩，傳宣賜酒飲杯巡。

歸家恐被翁姑責，竊取金杯作照憑。

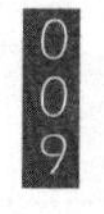

注釋

- 蓬壺：傳說中的海上仙山。
- 端門：宮廷的正門。
- 翁姑：指公婆。

譯文

天上月圓人間燈燦爛，與夫君攜手來到端門前。只因貪看花燈聽歌樂，不覺與家人分手找尋難。天將亮，皇恩浩蕩，傳詔賜酒與民同歡。怕只怕回家後公婆不滿，才想將金杯拿回做證見。

在宋代，女子是不能隨意外出的，她們整日獨處深閨，只有元宵節她們才可以縱情出遊，享受到與男子同等的權利。許多女子自然不肯放過這一天賜良機，她們打扮得花枝招展，與丈夫結伴出遊。同時，皇上還決定由政府部門出錢賞賜每人一杯「御酒」，以示皇恩浩蕩無涯。

有一位年輕的女子，在御街上與丈夫擠散了，她來不及尋找夫婿，這時也擠到酒案前，喝下一杯美酒。因為平常不喝酒，所以一杯酒下肚後，粉面登時飛紅，雙頰像開了兩朵桃花似的。而她的公婆和丈夫平素對她管教很嚴，她擔心回家後他們會誤會她在外面不守婦道而責罰她，一時之間不知如何是好，額頭上已滲出許多汗珠。她突然瞥見案上擺放著一個個裝酒的皇家金杯，心想何不討一個回去做憑證呢？

正在她偷偷地把金杯藏起來的時候，被衛兵發現了，衛兵們厲聲責問道：「你好大的膽子呀，你不去感激皇上這浩蕩鴻恩不說，居然還來偷竊皇家的金杯！這真是罪該萬死！罪該萬死！」

衛兵的叫喊聲很快便驚動了正在御樓上觀燈賞月的皇帝，他回頭詢問宦官，這究竟是怎麼一回事？宦官當即跑過去問那巡邏的士兵，獲悉詳情後，就一路小跑著向皇帝彙報了這事的原委。皇帝沉吟一下，說，今晚是大好日子，不要嚇著那女子。

話雖如此說，但他心裡卻很不是滋味。然後，他輕聲地自言自語道，朕與廣大士民一起慶祝節日，居然還有不識相的女人來偷竊朕的金杯，這真是豈有此理！於是，他面對著已被押送到跟前的女子，卻也不無惱色地問道：「朕與廣大士民同樂，不惜拿出宮中的金杯供大家享用。而身爲女子的你爲何如此不識好歹，居然敢竊取朕的金杯，這真乃有負朕的一片好意！」

那女子見皇帝問，便不慌不忙地吟出了這首《鷓鴣天》詞，說明自己拿杯的緣由。

皇帝說：「既然是你怕你的丈夫怪罪你，只有拿金杯才能爲證，那朕就將金杯賜予你。拿上金杯快去觀燈，找你的丈夫去吧！」

 辭官閒居的鄉土之樂

清平樂（村居）

——辛棄疾

茅簷低小，溪上青青草。醉裡吳音相媚好，白髮誰家翁媼？

大兒鋤豆溪東，中兒正織雞籠；最喜小兒亡賴，溪頭臥剝蓮蓬。

- 茅簷低小：低矮的茅屋。
- 溪上：溪邊。
- 吳音：柔媚的江西一帶口音。辛棄疾這時候居住的江西上饒地區，是春秋時吳國的地方。
- 翁媼：老頭兒和老婦人。以上兩句的意思是，哪家的老翁和老婦操著悅耳的吳音在親切愉快地交談？
- 亡賴：調皮。亡，通無。
- 溪頭：小河邊。

譯文

芳草青青的溪頭，有一座低小的茅屋。不知誰家的老翁和老婦，操著悅耳的吳音在閒談取樂。大兒子在溪水東面的豆地裡鋤草，二兒子正在編織雞籠，最頑皮可愛的小兒子，斜臥在溪水邊剝吃蓮蓬。

背景故事

辛棄疾是中國歷史上著名的愛國詞人，他出生於北宋將亡之際，從小就受愛國思想影響，立志收復失地，報效祖國，但當時南宋朝廷投降派占據上風，他曾被革職，閒居在家。辛棄疾從小是在農村長大的，所以他對農民有著深厚的感情。對於農民的勞動，他曾說：「人生在勤，當以力田爲先。」就是說，人生在世，應該勤勞；而從事耕種，更應是人生的第一需要。所以，他不但把自己的新居稱爲「稼軒」，而且還用「稼軒」這兩個字做自己的別號。他罷官後，一直過著閒居的生活。附近的農民都知道他做過大官，一開始關係比較疏遠，但經過交往後，看到他平易近人，逐漸關係越來越密切了。

在「稼軒」附近，有一座簡陋的茅屋，那裡住著吳老漢一家人。因爲是鄰居，所以辛棄疾與這位吳老漢認識得最早。每次外出散步，辛棄疾經過吳老漢家門時，有時就進去歇歇腳，聊上幾句天。

六月的一天，辛棄疾在原野上騎馬跑了一陣，感到有些疲乏，便牽著馬慢慢地往家裡走。猛抬頭，只見吳老漢那座低矮茅屋前面，一株枇杷樹已經結出累累果實，在陽光下閃著金黃色的光。此時，吳老漢正興致勃勃地摘著熟透了的枇杷。

辛棄疾剛要打招呼，吳老漢已經看到了他，便招手說：

「來我老漢家坐一會兒吧！嚐嚐剛摘下的新鮮果子。」

辛棄疾感到一陣歡喜，便把馬拴在一棵樹上，走進吳老漢家的小園子。

兩人飲酒嘗果，自得其樂，辛棄疾喜愛吳老漢一家的淳厚樸實，乘著酒興，他對吳老漢說：「酒喝足了，果子也吃夠了，我該怎樣表示謝意呢？這樣吧，我就用《清平樂》的調子唱一首歌給你聽，怎麼樣？」

「好呀，只怕老漢聽不懂你那文縐縐的一套。」吳老漢笑著說。

「你一定能懂。不信我唱給你聽聽。」辛棄疾說到這裡，便自信滿滿地輕聲吟出了這首《清平樂》。

吳老漢聽後連連叫好，「不過，」吳老漢的臉色嚴肅了起來，接著說道：「你把我們莊稼人的日子說得太美了，你還不瞭解我們。你沒有仔細看看我們平時過的是什麼日子，說實在話，有時我們的日子真的比黃連還要苦上三分啊！」

是的，由於他們所處的處境不同，也就有了不同的看法。你看，出現在這一時期辛棄疾筆下的農村，往往都是一幅幅恬靜、安寧、歡樂的畫面。

辛棄疾很少描寫農民的苦難與艱辛，更沒有謳歌他們的憤怒和抗爭。因此，這些詞雖然也用清新的筆調寫出了農村生活的某一個側面，但畢竟沒能反映出農民們較真實的生活。上下闋都鋪陳物事，雖只四十六個字，卻如同長幅畫卷一般，爲我們展現出了背景廣闊的闔家歡樂景象。

作者先描寫的是景物：矮小的茅屋前邊，小溪潺潺流過，溪水邊碧草青青。這開篇兩句一下子照應了題目，寫出村居的特色，也描繪了人物活動的環境背景。這兩筆彷彿給我們描繪了一幅生機盎然的風景畫，又像是展現出清秋時節水鄉風光的全景鏡頭，顯得恬靜幽雅而清新悅目。

接下來，作者按長幼之序描述了人物的活動。在低小的茅簷下，滿頭銀絲的老倆口，一邊喝酒，一邊用地道的吳地方言互相打趣逗樂，表現出親昵與喜愛之情。「醉裡」能吐真言，又用濃重的鄉音，足以說明他們「相媚好」的真摯與淳樸。「醉裡」這一句，描述得非常傳神。也很容易激起人們對翁媼神態語言的想像。「白髮誰家翁媼？」看去像是明知故問，實則是一種讚歎式的交代，點明「相媚好」者的身分、特徵。原來，他們就是村居中的長者，普通的農家夫婦，他們已經滿頭白髮了，卻依然卿卿我我、相敬相愛，並且是那麼悠閒自得，足見其晚年是多麼幸福。

下闋寫三個兒子的活動。大兒子在小溪東岸的豆子地裡鋤草，可見他已是家庭裡主要生產力的來源。二兒子在編織

養雞的籠子，從事的是較輕的手工勞動，一個「正」字反映了他的聚集會神、一絲不苟。小兒子最淘氣，也最惹人喜愛，他正躺在溪邊採摘蓮子，剝著蓮蓬。三個兒子都努力的做著力所能及的農活，表現了新一代對勞動、對生活的熱愛，也反映了他們對上一代的疼愛，他們已經能夠承擔所有的家庭勞動了，可以讓父母安度晚年了。

至此，讀者也會明白白髮翁媼之所以能有酒醉、相媚好，無憂無慮、悠然而處的原因了，整首詞也因此顯得十分自然流暢，一氣呵成，非常嚴謹。這裡，描寫三個兒子的用字也極爲平易，皆爲民間口語，純然一股鄉土氣息。綜觀全詞，可以看出，它反映了民間風俗的淳樸、農村社會的安定與家庭的祥和，流露出作者對村居生活的艷羡和寄身田園的愜意，寄寓了作者希冀國家統一、社會穩定、人民安居樂業的美好願望。

由此看來，這些反映農村生活的篇章與抒寫抗金情懷的作品在思想性上是有其相通之處的。

畸形的都市生活

菩薩蠻（赤闌橋盡香街直）——陳克

赤闌橋盡香街直，籠街細柳嬌無力。金碧上青空，花晴簾影紅。

黃衫飛白馬，日日青樓下。醉眼不逢人，午香吹暗塵。

注　釋

- 香街：指妓女聚居的街道。
- 籠街：形容街道兩旁的柳樹把街道包圍起來。
- 金碧：形容青樓的精美華麗。
- 黃衫：隋、唐時期貴族少年所穿的華貴服裝。此處代指貴族少年。
- 不逢人：看不見人。此處指不理睬別人。
- 午香：正午時室內所燃的香。

朱紅欄杆的橋走到盡頭，便是筆直的香街一條，蔽日的柳樹擺動著弱枝，顯得百媚千嬌。金碧輝煌的高樓直插青空，陽光下的花兒把簾子映得鮮紅。身著華貴服裝的貴家子騎著白馬，天天都聚在這青樓之下。斜著眼旁若無人，正午時的幽香正和著門外瀰漫的煙塵。

背景故事

陳克是宋代詞人，曾在都城汴京爲官，當時在汴京城裡有一個最繁華的地方：河上架起的是兩旁護有朱紅欄杆、橋面十分寬闊的木橋，向前望去，橋的盡頭是一條筆直的長街。長街的兩旁楊柳依依，濃蔭匝地，把整個長街都幾乎罩住了。那柔軟油綠的柳枝隨風飄拂，使人感到它是那樣的弱不禁風。

細看一下街道兩旁一幢幢的房子竟是那麼的精緻，每一幢均是雕樑畫棟，朱簾翠幕，裝飾得五彩繽紛，金碧奪目。這一座座令人神迷的建築，襯上高遠晴朗的藍天，任誰都覺得精巧美麗，遠遠地望上一眼都會令人陶醉。

走在這樣的長街上，誰都會有些微微的陶醉，因爲飄送到你鼻孔中的是各種不同的香味：花香、草香，更有從人的髮鬢上飄過來的撩人的脂粉香，和從房櫳裡透出來的爐香。

在這裡，那些有身分的人們熙來攘往，寶馬香車不絕於路，笙管簫笛不絕於耳，錦衣耀目，環佩叮咚，一派紙醉金迷。

這裡可不是誰都能來的地方，來這裡走動的，除去聲勢顯赫的達官貴人、皇親國戚之外，也就是那些走馬鬥雞的紈絝子弟了。他們來這裡幹什麼？因爲這裡住的都是那些天姿國色、風韻綽約的各色歌妓舞女。他們來這錦秀地方尋歡作樂，而這些歌妓舞女們，則是他們取樂的對象。

突然，遠處閃出一個身影。這是位年少公子，他身著華貴服裝，微風撩起他的衣角，柳絲輕拂他頭上的錦帽。他騎在白馬之上，滿面春風，一臉得意。人們遠遠望去，在人群中格外顯眼。

只見他放開手中的轡頭，任憑那匹高頭大馬橫衝直撞，那馬翻蹄亮掌如同一陣旋風，嚇得路上的老老少少、男男女女，東躲西藏，雞飛狗跳。這時，一幫經常與他聚賭飲酒、宿柳眠花的朋友過來了，他也似全然不見，一徑地翻起他那雙酒色過度失神僵白、死魚般的眼睛，衝過人叢，留在後面的只是馬蹄揚起的漫天塵土。

他一出現，許多人都紛紛上前打招呼，可見他是這裡的熟人。誰能不認識他呢？因爲來這裡尋歡，是他每天的「功課」。再細看那位公子，「醉眼不逢人」。他平日就是驕橫至極，眼睛生在頭頂之上，今天更了不得，仗著七分酒意，他還把誰放在眼裡了。

詞人陳克真有一番好眼力，他把這一切都看在眼裡，記

在心上，凝於筆端，於是寫下了一首《菩薩蠻》詞。這首詞運用絕妙的手法，爲後人留下了以寫景的方式顯現出生命的活潑，寫人透出畢肖神情的絕妙好詞。

昏君奸臣壓榨民眾

一剪梅

——醴陵士人

宰相巍巍坐廟堂，說著經量，便要經量。
那個臣僚上一章？頭說經量，尾說經量。
輕狂太守在吾邦，聞說經量，星夜經量。
山東河北久拋荒，好去經量，胡不經量？

- 巍巍：高大的樣子。
- 廟堂：朝堂，君臣朝會的地方。
- 經量：丈量土地。
- 章：寫給皇帝的奏章。此句是指朝中無人諫阻。
- 「頭說」兩句：寫當時官吏盲目執行上級的決定。
- 輕狂：輕率、浮躁。
- 吾邦：指醴陵（在今湖南）。
- 星夜：夜晚。
- 山東河北：泛指北方淪陷地區。山東，古指崤山、函谷關以東。河北，指淮河以北。
- 拋荒：拋棄、荒廢。

宰相高高地坐在朝堂上，說土地要重新丈量，於是馬上就重新丈量。哪個大臣敢提意見上反對的奏章？上面說重新丈量，下面也就跟著說重新丈量。我們醴陵的太守更輕狂，聽說要丈量土地，馬上連夜丈量。山東河北淪喪的地方久已荒涼，正急需去收復，怎麼不去寸土必爭，好好丈量？

背景故事

南宋末年宋度宗時期朝政一片混亂。當時，朝廷正值大奸臣賈似道爲右丞相。他對外屈膝求和，一味地討好金邦，對內則弄權作惡，欺上瞞下，極其殘酷地剝削壓榨人民，把壞事幾乎都幹絕了。

南宋小朝廷滅亡在即，可是統治者卻依然追求享樂，當時朝廷已經到了財源枯竭的地步，於是有人建議實行所謂的「經量法」。「經量法」，即爲了增加稅收，由朝廷派人到江南各地重新嚴格丈量土地，此建議提出後，朝廷一直議而未決，可是到奸賊賈似道當權時，他便迫不及待地推行此令此法。說來「經量」，就是經界丈量。

他們這種挖空心思增加人民賦稅的做法，讓民眾極爲不滿。

署名醴陵士人的這位醴陵正直人士，他敢於爲人民說話，控訴奸臣賈似道之流。於是寫下了一剪梅這首詞，詞中

上闋寫出權臣做出丈量土地的決定，馬上就要下面執行，而朝中的臣僚沒有一個人敢提出相反意見。下闋寫地方官執行經界推排法的情形。全詞揭露了宰相專橫跋扈；大臣們趨奉阿諛，只知一味在江南盤剝搜刮，卻不敢、也不去收復北方失地的醜態。這裡既有無情的鞭撻，又有辛辣的諷刺。

賈似道威風凜凜，煞有其事高高的坐在廟堂之上，爲了多刮民脂民膏，就決心在江南半壁江山經量土地，而且說做就做，可以想像這「經量法」一下，江南各地人民的災難又會加重多少。

而那些「輕狂太守」們，他們風聞朝廷下令「經量」土地，馬上組織人馬，到各地連夜開始經量，「聞說經量，星夜經量」，他們恨不得把人民的血汗搜刮得一滴不剩。

從朝廷宰相，到地方官吏，都騎在人民的頭上作威作福；但在金邦入侵的面前，他們卻畏如老鼠見到大貓，怕得要命，屈膝投降，一副卑恭之相，所以作者發出憤慨的質問與譴責：

「山東河北久拋荒，好去經量，胡不經量？」也就是說，淮河以北的大好河山，早已淪陷在金人的鐵蹄之下，田地荒蕪已久，這大好地方不去收復，不去寸土必爭，好好去經量，還有什麼顏面去面對百姓呢？

 山抹微雲的女婿

滿庭芳

——秦觀

山抹微雲，天粘衰草，畫角聲斷譙門。暫停征棹，聊共引離尊。多少蓬萊舊事，空回首、煙靄紛紛。斜陽外，寒鴉萬點，流水繞孤村。銷魂，當此際，香囊暗解，羅帶輕分。謾贏得、青樓薄倖名存。此去何時見也？襟袖上、空惹啼痕。傷情處，高城望斷，燈火已黃昏。

注釋

- 角：古代的一種管樂器，因其表面施以彩繪，故稱畫角。
- 譙：譙樓，古代瞭望用的城樓。譙門，建有譙樓的城門。
- 離尊：離別送行的酒。
- 蓬萊：古代傳說中的仙山名。蓬萊舊事，指回憶中男女歡愛的往事。
- 寒鴉：烏鴉。
- 萬點：上萬隻。

- 羅帶：絲帶，此處指用絲帶打成的同心結。
- 「謾贏得」二句：化用唐代詩人杜牧的著名詩句，杜牧詩云：「十年一覺揚州夢，贏得青樓薄倖名。」此處，意謂贏不贏得青樓薄倖名又有什麼關係呢？
- 青樓：舞榭歌樓。

遠山留下來一片淡淡的白雲，枯黃的秋草一望無際，像是與高天的邊際相接，譙樓上的畫角聲已經傳來。暫停住遠行的船隻，姑且再把離別的酒飲上幾杯。回想起你我同處的美妙時光，如今憶起，都已經化成一片煙靄。

斜陽盡處，上萬隻寒鴉正在歸棲，細細的流水環繞著那個荒僻的村寨。此時此刻，真讓人心碎腸斷，我把香囊解下，她把羅帶分開，這臨別的相贈傾吐了彼此真情常在。雖然在青樓中留下了薄情的名聲，也還是難以將她忘懷。不知道這次分別之後何時才能相見，看襟前袖上斑斑的淚痕，誰能說我們兩人沒有真愛？離情難耐的時候回頭再望，高城已經模糊不清，只有黃昏的燈火閃爍明滅。

背景故事

秦觀，北宋詞人，字少遊，三十六歲中進士。曾任蔡州教授、太學博士、國史院編修官等職位。在新舊黨之爭中，因和蘇軾關係密切而屢受新黨打擊，先後被貶到處州、郴

州、橫州、雷州等邊遠地區，最後死於滕州。

秦觀是「蘇門四學士」之一，以詞聞名，文辭爲蘇軾所賞識。其詞風格婉約纖細、柔媚清麗，情調低沉感傷，愁思哀怨。向來被認爲是婉約派的代表作家之一。對後來的詞家有顯著的影響。

關於他的這首《滿庭芳》有一段佳話，北宋徽宗時期，已經死去的翰林學士范祖禹的兒子范溫有一次到一位達官貴人家參加宴會，赴宴的人都是高官顯宦，或者是有名的文人墨客。大家比身分，論家世，互相吹捧，誇誇其談，卻沒有人注意到范溫這個後生。

這也難怪，范溫的父親范祖禹，雖然在仁宗、英宗、神宗、哲宗等朝代擔任過一些修史的官職，但因爲捲入新舊黨之爭，晚年卻被貶至永州，最後在永州死去。直到徽宗政和初年，也就是在范祖禹死後，朝廷才赦免了他的所謂罪過，重新施恩給范家。

作爲范祖禹的幼子，在那個攀高附貴的時代，那些達官顯宦怎會注意他呢？這家有個侍女，善於唱大詞人秦觀的詞，爲了給大家助興，她唱起了秦觀的《滿庭芳》。

范溫本來沒有引起這個侍女的注意，但在她歌唱時發現范溫全神貫注地用手在按照曲調的節奏打著拍子，那動情的面容引起了她的好感。

一曲唱完之後，在休息的時候，這個侍女向身旁的人問道：「那個年輕人是誰啊？」旁邊的人一時答不上來，主人

此時恰好也不知哪兒去了，大家都怔怔地瞅著這個年輕人。這時范溫從容地站起來，叉著雙手說道：「我乃是『山抹微雲』的女婿。」眾人聽了，一下子愣住了，半晌，人們才恍然大悟，不由得放聲大笑起來……

原來，神宗時，范溫的岳父秦觀當時才三十一歲，應鄉貢考試未中，便去會稽見祖父和正在會稽通判任上的叔父秦定。在會稽，他與太守程公辟等人飲酒賦詩，所以臨別時便寫下這首《滿庭芳》。

這首詞不脛而走，迅速傳遍大江南北，給年輕的秦觀帶來巨大的聲譽，連大文豪蘇軾見了秦觀都稱他爲「山抹微雲君」。作爲秦觀的女婿，范溫自然也因此而感到自豪。

范溫的父親范祖禹作過著名的《唐鑑》一書，在這次赴宴之前，范溫曾到大相國寺去遊玩，一些素不相識的人竟然在背後稱他爲「《唐鑑》的兒子」，因此這次赴宴，當人家問起他是誰時，他想，我何需說出我的姓名呢？人們可以用我父親的書名叫我，我何不用岳父的詞鎮一鎮這些趨炎附勢的人呢？於是便脫口說出「我就是『山抹微雲』的女婿」，讓在座的人爲之傾倒。

果然，在座的人，無論老少，對范溫便都刮目相看了。沒過多久，「山抹微雲女婿」的稱呼便迅速的傳開。

秦觀的這首《滿庭芳》寫得很有深度，起拍開端「山抹微雲，天粘衰草」，一個「抹」字出語新奇，別有意趣。「抹」字本意，就是用另一個顏色，掩去了原來的底色。山

抹微雲，非寫其高，蓋寫其遠。它與「天粘衰草」，同是極目天涯的意思：一座山被雲給遮住了，便勾勒出一片暮靄蒼茫的境界；一個衰草連天，便點明了暮冬景色慘澹的氣象。全篇情懷，皆由此八個字而透發。「畫角」一句，點明了具體的時間。

古代的傍晚，城樓吹角，所以報時。「暫停」兩句，點出賦別、餞送之本事。詞筆至此，便有回首前塵、低回往事的三句，稍稍控提，微微唱歎。妙在「煙靄紛紛」四字，「紛紛」之煙靄，直承「微雲」，脈絡清晰，是實寫；而昨日前歡，此時卻憶，則也正如煙雲暮靄，分明如鏡，而又迷茫悵惘，此乃虛寫。

接下來只將極目天涯的情懷，放入眼前景色之間，又引出了那三句使千古讀者歎爲絕唱的「斜陽外，寒鴉萬點，流水繞孤村」。天色既暮，歸禽思宿，卻流水孤村，如此便將一身微官沒落、去國離群的遊子之恨以「無言」之筆描述得淋漓盡致。詞人此際心情十分痛苦，他不去刻劃這一痛苦的心情，卻將它寫成了一種極美的境界，難怪令人稱奇叫絕。

下片中「青樓薄倖」亦値得玩味。此是用「杜郎俊賞」的典故：杜牧曾經寫下有名的「十年一覺揚州夢，贏得青樓薄倖名」。

結尾「高城望斷」，「望斷」這兩個字，總收一筆，輕輕點破題旨，此前筆墨倍添神采。而燈火黃昏，正由山抹微雲的傍晚到「紛紛煙靄」的漸重漸晚再到滿城燈火，一步一步，層次遞進，井然不紊，而惜別停棹，流連難捨之意也就盡在其中了。

可辨善惡的桂花樹

唐多令

——劉過

安遠樓小集，侑觴歌板之姬黃其姓者，乞詞於龍洲道人，爲賦此。同柳阜之、劉去非、石民瞻、周嘉仲、陳孟參、孟容，時八月五日也。

蘆葉滿汀洲，寒沙帶淺流。二十年重過南樓。柳下繫船猶未穩，能幾日，又中秋。黃鶴斷磯頭，故人曾到否？舊江山渾是新愁。欲買桂花同載酒，終不似，少年遊。

- 安遠樓：武昌南樓，在今湖北省武漢市黃鶴山上。
- 侑觴歌板之姬：擊板唱歌以勸酒的妓女。
- 黃其姓：姓黃。
- 龍洲道人：劉過的號。
- 黃鶴斷磯：即黃鶴磯，位於武漢黃鶴山西北，面臨長江。
- 磯：山崖臨江凸出之處。

- 不：同「否」。
- 渾是：全是。

我和一幫友人在安遠樓聚會，酒席上一位姓黄的歌女請我作一首詞，我便當場創作此篇。時為八月五日。

蘆花葉子鋪滿江邊的沙洲，寒沙之中有一條淺溪在汩汩地流。二十年後，我再次來到武昌南樓。小船在柳樹下還沒繫穩，我便匆匆而下。不消幾天，又到了月圓中秋。殘斷的黃鶴磯頭，我的故友近來是否也曾到此一遊？破舊的江山，滿眼儘是舊恨新愁。想要買上桂花帶上美酒再泛輕舟，卻沒有了少年時那種豪邁的意氣。

劉過，字改之，他曾參加科舉考試卻屢試不第，這首詞是作者晚年的作品，關於詞中的桂花酒在中國歷史上流傳著一個傳說。桂花在中國被人們看成是富貴吉祥的象徵，因此桂花釀製的酒受到大多數人們的喜愛，但大家可知這桂花來自何處？

傳說兩英山下住著一位賣山葡萄酒的寡婦，爲人善良豪爽，她釀的酒口味甘甜，人們尊稱她仙酒娘子。

一個冬天的早上，仙酒娘子發現自家門前躺著一個快要沒氣的男乞丐。仙酒娘子出於善良的本性就把他背到了家

裡。先給他灌了碗熱湯，又讓他喝了半碗酒，那乞丐漸漸甦醒過來，連忙向她道謝，「多謝娘子救命之恩，你看我全身癱瘓，行動不便，能不能多收留我幾日，不然我出去之後不是被凍死就是被餓死。」仙酒娘子有些為難，俗話說：「寡婦門前多是非」，讓他住在家中別人一定會說閒話的，但看他可憐就同意留他住幾日。

果然不出所料，沒幾天人們就對她議論紛紛，大家漸漸疏遠她，買酒的人也越來越少，仙酒娘子的日子也越來越不好過，但她還是盡心的照顧乞丐。到後來都沒人來買她的酒，生活困苦到無法維持，乞丐見此情景深感過意不去就偷偷的離開了。

仙酒娘子放不下心便去尋找他，在半路遇到一個老頭，肩上挑了一擔柴，吃力地走著，忽然，老人摔倒在地，柴也散了，仙酒娘子急忙過去，見老人氣息微弱，嘴裡喊著「水，水……」，在這前不著村後不著店的地方哪來的水？

仙酒娘子就咬破自己的手指，正要把血滴進老人嘴裡，老人忽然不見了。突然吹來一陣微風，天上飛來一個黃布袋，袋中有許多黃色小紙包，紙包中是桂花樹的種子，另有一張黃紙條，上面寫著：

月宮賜桂子，獎賞善人家。

福高桂樹碧，壽高滿樹花。

采花釀桂酒，先送爹和媽。

吳剛助善者，降災奸詐滑。

想想前後所發生的事，她才明白原來那兩個人都是傳說中的吳剛變的。她欣喜地把這些桂花樹的種子分送給大家，善良的人埋下種子，很快便長出桂花樹，開滿桂花，滿院的香甜；心術不正的人種下桂花，種子卻不發芽。從此也就有了象徵富貴吉祥、可以分辨善惡的桂花和桂花酒。

 因詞升遷的毛相公

惜分飛（富陽僧舍作別語贈妓瓊芳）——毛滂

淚濕闌干花著露，愁到眉峰碧聚。此恨平分取，更無言語空相覷。
斷雨殘雲無意緒，寂寞朝朝暮暮。今夜山深處，斷魂分付潮回去。

注　釋

- 富陽：宋代縣名，治所在今浙江省富陽縣。作者原在杭州做官，後因罷官而離開杭州，途經富陽時，寫下這首詞贈給與他相愛的妓女瓊芳。
- 「淚濕闌干」二句：意思是說傷心的淚水打濕了欄杆，離愁使人雙眉緊鎖。「花著露」是比喻的說法，言女子臉上掛著淚珠，就好像帶著露水的花朵一樣楚楚動人。
- 此恨平分取：意謂兩人的離愁別恨同樣沉重。
- 覷：看。空相覷，對面無語，默默相視。

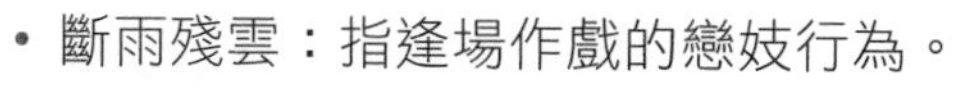

- 斷雨殘雲：指逢場作戲的戀妓行為。
- 無意緒：沒有興趣。
- 「今夜山深處」二句：意謂今夜離別後便山高水遠，無緣再見，就讓我的斷魂跟隨潮水回去吧！

譯文

你滿面淚水，宛如那鮮花沾滿了朝露，滿腹的悲哀，使你那秀美的雙眉緊皺不舒。你我有著同樣的離情別緒，相對無言，默默注目。

半飄半散的雲，稀稀落落的雨，更使人心情煩亂淒苦。從此以後天各一方，寂寞地度過那朝朝暮暮。今夜我寄宿在山的深處，我會把離魂託付給潮水，讓它把這份情意給你帶去。

背景故事

毛滂是北宋詞人，他一生仕途失意，詞作卻別具一格，秀雅飄逸，並因爲詞作優美而受到蘇軾的舉薦。有一次，在蘇軾宴請朋友的宴會上，有一個叫瓊芳的歌妓，唱了這首《惜分飛》詞，蘇東坡聽完這首《惜分飛》後，心中暗自讚歎：這首詞語句優美，情深意濃，絕對不是普通人所作。於是蘇東坡問瓊芳：

「你所唱的這首詞，是哪位名家的作品？」

瓊芳聽了蘇東坡的問語，猶豫再三，不肯說出實情，但

又經不住蘇東坡再三的盤問，最後以實相告：

「說起這首詞，它就是前日剛離任而去的毛相公所作，臨別送我做紀念的。」

瓊芳所說的毛相公，就是前任杭州推官毛滂。

蘇東坡聽罷，便歎息說：「我與毛滂很有交情，同為朝廷官員，又在一起共事多年，居然不知道他還善詩詞，真是不應該啊！」

於是他馬上修書，派人騎快馬去追回毛滂，並深深地對他謝罪說：「都怪我沒有見識，你我相識這麼多年，我竟然不知道你是位才學之士，今天把你請來，就是想向你請教一段時間，以了結我的心願！」

說完，他上前拉住毛滂的手，兩人相視而笑。蘇東坡一片厚意，毛滂十分感動，便留在府中，每當辦完公事，兩人結伴泛舟西湖之上，吟詩填詞，互相唱和，其樂無窮。這樣快快樂樂的經過數月，毛滂才離去。

後來，由於蘇東坡的推舉，毛滂聲名大震，被任命為武康知縣，兩人便由此結下了深厚的友誼。再說毛滂的這首《惜分飛》是一首青春戀情的悲歌。上闋寫別離場面。起句寫離別時對方珠淚縱橫，有如花枝帶露，教人既愛憐又心疼。接著寫伊人的悲哀：那緊蹙的眉頭，猶如碧峰聚簇一樣，顯得哀愁極重。

第三句，說自己要與她平分愁苦，以無言的雙眼細細打量。下闋寫別後在僧舍的刻骨相思。「斷雨殘雲」為離愁加

聲加色，使其更加濃重。「寂寞」句，則擔心與她一別而成永訣。

而結尾三句，設想今夜情思；自己入住深山僧舍，而將「斷魂」付與江潮，伴隨對方飄流天涯。其孤苦之情，愁思之意，盡在不言中。

 因詞碰壁的柳才人

定風波（自春來） ——柳永

自春來、慘綠愁紅，芳心是事可可。日上花梢，鶯穿柳帶，猶壓香衾臥。
暖酥消，膩雲嚲，終日厭厭倦梳裹。無那！恨薄情一去，音書無箇。
早知恁麼，悔當初、不把雕鞍鎖。向雞窗，只與蠻箋象管，拘束教吟課。
鎮相隨，莫拋躲，針線閒拈伴伊坐。和我，免使年少、光陰虛過。

注　釋

- 慘綠愁紅：意謂像綠葉紅花都帶著淒慘愁悶之色。
- 芳心：女子思春之心。
- 是事可可：做任何事都毫無思緒，慵懶地應付。
- 暖酥：溫暖的肌膚。酥，形容年輕女子的肌膚潔白細膩如酥油般潤澤。
- 消：消瘦。

- 膩雲：形容女子頭髮烏黑油亮。
- 梳裹：梳妝打扮。裹，穿戴。
- 無那:宋人俗語，即無奈，不知如何是好的意思。
- 薄情：薄情郎，指遠行的丈夫。
- 無箇：一封書信也沒有。
- 恁麼：如此。
- 雞窗：指書房。
- 蠻箋：唐時高麗紙的別名，也用來稱蜀地所產的名貴彩箋。
- 象管：象牙桿的毛筆。
- 拘束：拘管、管束。
- 吟課：以吟詠詩詞為功課。
- 鎮：宋人俗語，相當今言「整日裡」。
- 針線閒拈：手捧著並不急用的針線活。

譯文

自入春以來，見到那綠葉紅花也像是帶著愁苦，此時我這一寸芳心對做任何事都毫無思緒。太陽已經升到了樹梢，黃鶯開始在柳條間穿飛鳴叫，我還擁著錦被沒有起來。細嫩的肌膚已漸漸消瘦，滿頭的秀髮低垂散亂，終日裡心灰意懶，沒心情對鏡梳妝。真是無奈，那可恨的薄情郎自從離去後，竟連一封書信也沒有寄回來。早知如此，真後悔當初沒有把他的寶馬鎖起來。讓他留在家裡，終日與筆墨為伍，吟

詩作詞，寸步不離開。我也不必躲躲閃閃，整日裡與他相伴，手拿著針線與他相倚相挨。有他長相廝守，免得我青春虛度，苦苦等待。

背景故事

柳永，原名柳三變，福建崇安人。是中國歷史上著名的詞人，他年輕時，常出入歌妓館，爲樂工歌妓撰寫歌辭，因而被達官貴人所不齒，屢試不第。於是他索性放浪於汴京、蘇州、杭州等都市，以填詞爲職業。他一生窮愁潦倒，獨以詞著稱於世，最後死於潤州（今江蘇鎮江）。

柳永是北宋第一個專業寫詞的作家。由於稟賦裡所具有的浪漫特性以及善於譜寫俗曲的獨道才能，他經常爲一些歌兒舞女填寫一些能夠表現她們生活和情感的作品，以供她們歌唱。

這樣一來，他的才名很快便傳揚了開來，這無疑引起了一些以引領正統文化自居，而且已然具有一定地位者的惱怒和嫉恨。而以長調慢詞《定風波》爲代表的一些著名俗詞，卻先後給柳永帶來了極爲真切而又無窮無盡的懊惱。

事有湊巧，當時柳永原本想要說皇帝好話的《醉蓬萊》詞，誰知卻惹惱了仁宗，之後他就只得去求謁時任政府長官的晏殊了。他小心翼翼地向晏府的門衛說了不少好話，終於說通了門衛讓他進去通報相爺。

一進門來，柳永便把自己這回晉謁的來意說了，也就是

說，誠懇的柳永希望晏相公能給他改放官職，用以改變一下目前這艱難困苦的處境。

晏殊聽了柳永的自述，連眼皮也不抬地說道：「柳才子平時也寫寫詞曲嗎？」

柳永一聽，心裡委實興奮，心說相爺既然愛好這些文藝，這跟自己的愛好正好相同，因此這放官一事就該當不成問題了；大家畢竟都是文人，而且還都有著相同的愛好嘛！於是，他便隨口回應了聲「是的」。

但他心中忽然覺得這還不能盡意，爲拉近兩人的關係，柳遂補充上一句：「也就是說，其實學生也像相爺一樣喜歡填寫詞曲的呀！」

然而，晏相爺聽了他這話，卻不由冷笑了一聲：「晏某雖然也填寫詞曲，可我並不曾寫過像『針線閒拈伴伊坐』之類的句子呀！」

聽了晏相爺這句帶有諷刺意味的話，柳永知道晏殊跟自己的藝術志趣並不相同，於是柳永只好知趣地黯然告退了。

柳永的這首《定風波》用明白透徹的語言，大膽而直接的描寫一位女子的相思別離之情。上片寫自新春以來思春婦沒精打采，疏懶厭倦的情緒和神態。太陽光已上了樹梢，黃鶯在柳枝間穿飛跳挪，思春婦依舊擁著熏香的錦被，終日裡慵閒懶散。雲樣的秀髮蓬鬆散亂，紅潤的面容憔悴瘦削，終日百無聊賴，懶得梳洗打扮，搽搽抹抹。「無那」一聲長歎，點出所以然之故，只恨薄情人一去，蹤影全無，連書信

也不捎回一個。

下片展現思春婦的內心活動，她後悔當初不把他的馬鞍子緊緊上鎖，把他留在家中，讓他坐在窗前，給他些紙張筆墨，終日苦讀，溫習功課，自己整日陪伴，方不至虛度青春。全詞以家常口語，鋪展閨房生活細節，展現出市民女性對愛情的熾烈追求。

看破紅塵，歸隱孤山

長相思

——林逋

吳山青，越山青。兩岸青山相送迎，誰知離別情？
君淚盈，妾淚盈。羅帶同心結未成，江頭潮已平。

- 吳山：泛指錢塘江北岸的山。
- 越山：泛指錢塘江南岸的山。
- 這句是說，錢塘江兩岸的青山迎送行人。
- 君：你。此指女子的情人。
- 妾：這裡是古代女子的自稱。
- 羅帶：香羅帶。古人把帶子打成同心結以表示永遠相愛。
- 結未成：比喻愛情遭遇挫折，婚事不成。這句是說，潮水已經漲得和岸一樣高。

譯文

吳山蔥蘢青翠，越山青翠蔥蘢，錢塘江兩岸的青山，殷勤地送迎過往行人。青山你可知這送迎中有多少難捨難分的別離之情？情郎你淚水盈盈，妾身我淚水盈盈，香羅帶的同心結還沒來得及繫成。那江頭的潮水已與岸平，情郎你竟肯捨下我乘舟遠行？

背景故事

林和靖名逋，字君復，錢塘（今杭州市）人，人稱「和靖先生」。他隱居於西湖之孤山二十餘年，終生未娶，以種梅養鶴自娛，人稱「梅妻、鶴子」。

對於他，後人都知道他是有名的隱士，林逋的隱居處依山傍水，於是繞屋依欄，上上下下都是他種的梅花，每逢梅花綻放之時，他便整月不出門，終日賞梅，吟詠詩詞。他養的鶴更有詩意，每當他出去遊湖，有客人來了，家童便將客人接待入座，接著開籠放鶴。他在湖上望到家鶴飛來飛去，就知道有客來訪了，即划船而歸。

依梅攏鶴，人們都把他看成是出世的人物，其實，他並不是一開始就是個超塵絕俗的隱士。他曾有過遠大的抱負和志向，但是，他仕途失意，時運乖戾，這使他產生了厭惡塵世之情，於是變得性情淡泊，不慕榮利。特別是與這首《長相思》詞有關的一段愛情經歷，對他的隱居起了相當重要的作用。

林和靖在年輕的時候，曾經愛戀過一位姑娘，這位姑娘對他也是一往情深，兩人海誓山盟，希望有朝一日能結成百年之好，攜手白頭偕老。可是，事與願違，那位姑娘被迫另嫁。這使熱戀中的林和靖受到極大的打擊，讓他痛不欲生。他徘徊於月下，踟躕於花前，過去那刻骨銘心的一幕幕又浮現在眼前，使他久久難以忘懷，於是他決定離家遠遊，以撫慰那顆因失戀而滴血的心。

登程的日子終於到了，林和靖懷著依依惜別之情，即將登舟遠去，他剛剛上船，那位姑娘事先知道了他要遠離家鄉，便急急忙忙趕來為他送行。兩人相對無言，執手相望，只有眼中的淚水如斷線珍珠般滾滾而落。

在模糊的淚眼中，他們互道珍重，千言萬語都融在那深情的相望中。小舟解纜遠去了。這一去，林和靖竟在江、淮一帶漫遊了好多年。在漫遊中，迎朝陽，送落日，伴明月，對繁星，他無時不在思念那位鍾情的姑娘。於是，在朝思暮念中，便以那位姑娘的口吻寫下了上面那首《長相思》詞。

林和靖一走就是許多年，到四十歲以後他才回到杭州。這時的林和靖已對生活失望了、厭倦了，便結廬於西湖孤山北麓，遠離紛擾的繁華之地，過起了他「梅妻鶴子」的隱居生活。

這首小令以第一人稱（妾）的口氣，寫一對熱戀中的青年男女含淚分別，寄刻骨銘心的離情別意於山容水態之中，

語言曉暢，節奏明快，感情健康，頗具民謠風味。「吳山青，越山青」，一開頭採用起興的手法。「兩岸青山相送迎」，吳山、越山，年年歲歲面對江上行舟迎來送往，早已習慣了人間的聚散離合。「誰知離別情？」是運用擬人手法向青山發問，借自然之無情反襯人間之有情。

「君淚盈，妾淚盈」，則本詞的視覺由遠拉近。原來在青山底下還有一對送別的人兒正在淚眼相對，哽咽無語。爲什麼這人間常有的離別，卻使他們如此感傷，以致於連青山也要責難？「羅帶同心結未成」，此句含蓄的道出他們難言的悲苦：原來是他們的愛情生活橫遭不幸，心心相印卻難成眷屬，只能灑淚而別。「江頭潮水平」，愛情本來就希望渺茫，如今愛人又將遠去，未來則越發沒有指望了。

本詞句句押韻，連聲切響，前後回應，顯示出女主人翁柔情似水，一往情深。最後一句在簡潔明快中還帶著永恆的悲傷。

弄潮兒向濤頭立

酒泉子

——潘閬

長憶觀潮，滿郭人爭江上望。來疑滄海盡成空，萬面鼓聲中。

弄潮兒向濤頭立，手把紅旗旗不濕。別來幾向夢中看，夢覺尚心寒。

注　釋

- 郭：內城為城，外城為郭。有時則城郭無別。人們觀潮，現在在浙江海寧，北宋時則在杭州。海寧觀潮是錢塘江改道以後的事。故這裡的「郭」，是指杭州城。
- 鼓聲：比喻潮水的澎湃聲。
- 弄潮兒：指在洶湧的潮頭上游泳、戲耍的青少年。

譯　文

長久地思念錢塘觀潮，大潮那天，萬人空巷，全城的人

都爭先恐後地來到江邊觀望。當大潮洶湧衝來時，令人疑心大海是否都變成空了。潮水澎湃，好像萬面大鼓聲咚咚響。弄潮兒在波濤滾滾的潮頭站立，追潮逐浪，盡情戲耍，手裡拿著的紅旗竟然沒有被水打濕。離開杭州之後，我好幾次都在夢中見到這驚心動魄的場面，夢中驚醒過來時還覺得心驚膽寒。

背景故事

潘閬，字逍遙，宋朝時期著名詞人，他放蕩不羈，長期飄泊江湖，詞集爲《逍遙詞》。潘閬年輕時曾在汴京（今開封）以賣藥爲生，經常一邊賣藥，一邊吟詩。到宋真宗時，許多名人都與他有過交往，真宗便召見他，授以滁州參軍。這時潘閬已年過半百，自知已老，便棄官不做，而與志同道合的好友結伴遊覽浙南的風景名勝。

每年農曆八月十八日是潮汛的高潮期，宋朝把這一天定爲「潮神生日」，要舉行觀潮慶典。每到這一天，皇親國戚、達官要人、百姓居民，各色人等，全都傾城出動，車水馬龍，彩旗飛舞，盛極一時。還有數百健兒，披髮紋身，手舉紅旗，腳踩滾木，爭先鼓勇，跳入江中，迎著潮頭前進。

潮水將起，遠望像一條白線，但逐漸推進後聲如雷鳴，越近聲勢越大，如滄海橫流，一片汪洋。白浪滔天，山鳴谷應。水天一色，海闊天空。弄潮兒出沒於鯨波萬仞之中，騰身百變，而旗子卻不沾濕。

在北宋，觀潮勝地在杭州。潘閬在杭州住過幾年，漲潮的盛況當然給他留下極深刻的印象，以致後來經常夢見漲潮的壯觀。

有一次，潘閬和朋友們來到錢塘江邊觀潮。這天，東方剛透出魚肚白，江邊上已人山人海了，幾乎整個杭州城的人都來到了這裡，在等待那驚心動魄的時刻到來。這時，傳來嘩嘩的江濤聲，眼前還沒有潮頭出現，人們都瞪大了眼睛，等著觀看那雄奇無比的錢塘江大潮。

正當人們翹首眺望、望眼欲穿的時候，忽然人群騷動，喊聲四起：「快看啊，大潮來了！」佇立江邊的潘閬也順著別人指的方向看去，只見遠遠的濤頭如一條銀線，隱隱伴著隆隆聲傳來。轉眼間，那遠遠的銀線變成了一堵高牆，那潮聲挾著萬鈞之力，咆哮奔騰，排山倒海滾滾而來，彷彿是萬人擂響的千萬面大鼓，直震得天搖地動。但仍有一些「弄潮兒」，他們卻無視海浪的吼叫，紛紛躍入水中，手持紅旗，在狂濤巨浪中表演著令人膽戰心驚的動作。

觀過錢塘潮，遊遍杭州的名勝古蹟，潘閬告別了杭州。但錢塘潮水的壯觀場面，卻時時在他腦海中浮現。他想起唐代大詩人李白《橫江詞》中的名句：「浙江（即錢塘江）八月何如此？濤似連山噴雪來。」終使他打開了創作的閘門，於是寫下了《酒泉子（長憶觀潮）》詞。

「弄潮兒向濤頭立，手把紅旗旗不濕。」這首詞主要是描寫了弄潮兒的形象。他們在驚濤駭浪中手持紅旗，隨波起

伏，履險如夷，爲本是奇觀的潮湧之景再置奇觀，表現了作者對弄潮兒的不凡身手和無畏精神的讚美之情。

詞的上闋寫觀潮，下闋寫弄潮兒的表演。寫觀潮，寫到了人群湧動的盛況和潮水洶湧的氣勢；寫弄潮兒的表演，寫到了他們高超的技藝和觀潮人的感受。聽說蘇軾很喜歡這首詞，便把它寫在了玉堂屏風上。

 楊萬里燒詩痛改前非

好事近

（七月十三日夜登萬花川谷望月作）——楊萬里

月未到誠齋，先到萬花川穀。不是誠齋無月，隔一庭修竹。

如今才是十三夜，月色已如玉。未是秋光奇絕，看十五十六。

注　釋

- 誠齋：詞人自名其書室為誠齋。
- 萬花川穀：乃作者自名其花圃，圃內栽花甚多而名。該圃就在誠齋旁邊。
- 修竹：竹長而直且排列整齊，稱修竹。
- 奇絕：最美妙，最美好。

譯　文

明亮的月光，未走進我的書房，卻先鑽入了我的花圃。

不是月光不肯進入我的書房，而是房前那一片高高的翠竹，擋住了月光的去路。今天才是十三之夜，月色已如此皎潔如玉。可這還不是最美的月色，最美的月色，要到十五、十六日才能領略獲得。

背景故事

楊萬里，字廷秀，號誠齋，吉州吉水（今江西吉水）人。是北宋時期著名的詩人，紹興二十四年進士。歷任太常博士、廣東提點刑獄、尚書左司郎中兼太子侍讀。寧宗時，因奸相專權辭官歸家，終憂憤而歿。謚文節，贈光祿大夫。其詩構思新巧，語言明暢，自成一家，時稱「誠齋體」。與尤袤、范成大、陸游齊名，並稱爲南宋四大家。

楊萬里從小就很喜歡讀詩、寫詩。他年少時背了好多唐代詩人寫的律詩，後又學習宋代有名的丞相王安石的絕句。成年後，他最喜歡稱作「江西詩派」的詩。詩讀多了，心中自然充滿詩意，他就模仿前人的方法寫起詩來。朋友們說他的詩風很像「江西詩派」，用詞精巧，還常用典故，楊萬里聽了很高興。

去湖南零陵當縣官時，楊萬里已三十五歲。到這時，他共寫了一千多首詩。可是，他漸漸覺得，自己寫的詩雖然精煉，遣詞造句花了不少功夫，但有時不流暢、不順口，別人讀得很吃力，有的還缺乏生活氣息。他認爲，總是仿照古人的寫法，沒什麼新意，是不會有進步的，應該自己闖出一條

路來。

他苦苦思索了很久，卻找不到好的辦法。有一天，他決心與過去告別，便把以前寫的千多首詩稿堆在院子裡，狠下心來，點一把火將它們全燒掉了。

望著燃燒的詩稿，他鬆了口氣。燒掉了舊詩，一切從頭開始。楊萬里不再模仿前人，獨自開闢新的天地。公務之餘，他到大街小巷、田間地頭去與百姓交談，到山野之中去聽小鳥的歌唱，去觀賞翠竹流水。他把聽到的事情、見到的情景，都在筆下描繪出來，變成了一首首優美動人的詩歌。他還在詩中吸收民間俗話和群眾的口語，使詩句好讀易懂。

燒掉了舊詩不走老路，他感到心胸舒坦了，視野開闊了，手腳放鬆了，世界上有那麼多的東西可寫、好寫，便自由自在地描景抒懷。他寫西湖：「接天蓮葉無窮碧，映日荷花別樣紅。」他寫小池：「小荷才露尖尖角，早有蜻蜓立上頭。」他的詩像一幅幅美麗的田園風景畫，像一卷卷社會風俗圖，清新自然，活潑生動，給莊重的詩歌王國吹進了一股新風潮。

他的號是「誠齋」，人們把他別具一格的詩歌稱作「誠齋體」，在文學史上自成一派，影響深遠。這正是楊萬里敢於否定自我，勇於衝破傳統觀念的束縛，大膽創新的結果。

愛國豪情篇

「人生自古誰無死，留取丹心照汗青」，這是南宋時期文天祥留給我們後人以震撼人心的詩句，在宋朝的中、晚期，隨著金、元的不斷入侵，戰亂頻繁，在正義與非正義的較量中，湧現出一批可歌可泣的文臣武將，其中既有傳奇色彩的楊家將、岳飛等，也有辛棄疾、陸游等愛國詞人。

讓我們在宋詞中去體會那些民族梁們的愛國情懷，
感嘆之餘，也奉上我們無限的敬意。

人生自古誰無死

過零丁洋

——文天祥

辛苦遭逢起一經，干戈寥落四周星。山河破碎風飄絮，身世浮沉雨打萍。

惶恐灘頭說惶恐，零丁洋裡歎零丁。人生自古誰無死，留取丹心照汗青。

注釋

- 零丁洋：在今廣東中山南的珠江口。
- 「辛苦」句：追述早年身世及為官以來的種種辛苦。遭逢，遭遇到朝廷選拔；起一經，指因精通某一經籍而通過科舉考試得官。文天祥在宋理宗寶四年以進士第一名及第。
- 干戈寥落：寥落意為冷清，稀稀落落。在此指宋元間的戰事已經接近尾聲。南宋此時已無力抵抗。
- 四周星：四周年。北斗星斗柄所指方向旋轉一周為一年。作者自德軸祐元年（1275年）元月，以全部家當充當軍費，起兵抗元，至祥興元年（1278年）被俘，恰為四年。

- 「山河」句：指國家局勢和個人命運都已經難以挽回。
- 惶恐灘：在今江西萬安縣，水流湍急，為贛江十八灘之一。宋瑞宗景炎二年，文天祥在江西兵敗，經惶恐灘退往福建。
- 「零丁」句：慨歎當前處境以及自己的孤軍勇戰、孤立無援。詩人被俘後，被囚禁於零丁洋的戰船中。
- 汗青：史冊。紙張發明之前，用竹簡記事。製作竹簡時，須用火烤去竹汗（水分），故稱汗青。

譯文

回想我早年由科舉入仕歷盡辛苦，如今戰火消歇，已熬過了四個年頭。國家危在旦夕恰如狂風中的柳絮，個人又哪堪言說似驟雨裡的浮萍。惶恐灘的慘敗讓我至今依然惶恐，零丁洋身陷元虜可歎我孤苦零丁。人生自古以來有誰能夠長生不死，我要留一片愛國的丹心映照汗青。

背景故事

文天祥，南宋愛國詩人。初名雲孫，字天祥，號文山，廬陵（今江西省吉安市）人。南宋末，全力抗敵，兵敗被俘，始終不屈於元人的威逼利誘，最後從容就義。他後期的詩作主要記述了抗擊元兵的艱難歷程，表現了堅貞的民族氣節，慷慨悲壯，感人至深。他早年被選中貢士後，即以天祥爲名。寶四年中狀元後，他改字爲宋瑞，後號文山。歷任簽書寧海軍節度判官廳公事、刑部郎官、江西提刑、尚書左司郎官、湖南提刑、知州等職。

宋恭帝德元年正月，因元軍大舉進攻，宋軍的長江防線全線崩潰，朝廷下詔讓各地組織兵馬勤王。文天祥立即捐獻家資充當軍費，招募當地豪傑，組建了一支萬餘人的義軍，開赴臨安。宋朝廷委任文天祥知平江府，命令他發兵援救常州，旋即又命令他馳援獨松關。由於元軍攻勢猛烈，江西義軍雖英勇作戰，但最終也未能擋住元軍兵鋒。

次年正月，元軍兵臨臨安，文武官員都紛紛出逃。謝太后任命文天祥爲右丞相兼樞密使，派他出城與伯顏談判，企圖與元軍講和。文天祥到了元軍大營，卻被伯顏扣留。謝太后見大勢已去，只好向元軍投降。

元軍占領了臨安，但兩淮、江南、閩廣等地還未被元軍完全控制和占領。於是，伯顏企圖誘降文天祥，利用他的聲望來儘快收拾殘局。但文天祥寧死不屈，伯顏只好將他押解北方。行至鎮江，文天祥冒險出逃，經過許多艱難險阻，於景炎元年（1276）五月二十六日輾轉到達福州，被宋端宗任命爲右丞相。

當時張世傑獨攬朝政大權，文天祥對他專擅朝政極爲不滿，又與陳宜中意見不合，於是離開南宋朝廷，以同都督的身分在南劍州（治今福建南平）開府，指揮抗元。

不久，文天祥又先後轉移到汀州（治今福建長汀）、漳州龍岩、梅州等地，聯絡各地的抗元義軍，堅持鬥爭。景炎

二年夏，文天祥率軍由梅州出兵，進攻江西，在雩都（今江西於都）獲得大捷後，又以重兵進攻贛州，以偏師進攻吉州（治今江西吉安），陸續收復了許多州縣。

元朝大臣江西宣慰使李恆在興國縣發動反攻，文天祥兵敗，收集殘部，退往循州（舊治在今廣東龍川西）。祥興元年夏，文天祥得知南宋朝廷被迫轉移，爲擺脫艱難處境，便要求率軍前往，與南宋朝廷會合。由於張世傑堅決反對，文天祥只好作罷，率軍退往潮陽縣。同年冬，元軍大舉來攻，文天祥在率部向海豐撤退的途中遭到元將張弘範的攻擊，兵敗被俘。

文天祥服毒自殺未遂，被張弘范押往京師，在途中張弘範讓他寫信招降張世傑。文天祥說：我不能保護父母，難道還要教別人背叛父母嗎？張弘範不聽，一再強迫文天祥寫信。文天祥於是將自己前些日子所寫的《過零丁洋》一詩抄錄給張弘範。張弘范讀到「人生自古誰無死，留取丹心照汗青」兩句時，不禁也受到感動，不再強逼文天祥了。

這首詩是文天祥被俘後爲誓死明志而作。一二句詩人回顧平生，但限於篇幅，在寫法上是舉出入仕和兵敗一首一尾兩件事以概其餘。

中間四句緊承「干戈寥落」，明確表達了作者對當前局勢的認識：國家處於風雨飄搖中，亡國的悲劇已不可避免，個人命運就更難以說起。但面對這種巨變，詩人想到的卻不是個人的出路和前途，而是深深地遺憾兩年前自己未能在軍事上取得勝利，從而扭轉局面。同時，也為自己的孤立無援感到格外痛心。從字裡行間不難感受到作者面對國破家亡的巨痛與自責、自歎相交織的蒼涼心緒。

末二句則是身陷敵手的詩人對自身命運的一種毫不猶豫的選擇。這使得前面的感慨、遺恨憑添了一種悲壯激昂的力量和底氣，表現出獨特的崇高美。這既是詩人人格魅力的展現，也表現了中華民族獨特的精神之美，其感人之處遠遠超出了語言文字的範疇。

南宋朝廷滅亡後，張弘范向元世祖請示如何處理文天祥，元世祖說：誰家無忠臣？命令張弘范對文天祥以禮相待，將文天祥送到大都（今北京），軟禁在會同館，決心勸降文天祥。

元世祖首先派降元的原南宋左丞相留夢炎對文天祥現身說法，進行勸降。文天祥一見留夢炎便怒不可遏，留夢炎只好悻悻而去。元世祖又讓降元的宋恭帝趙來勸降。文天祥北跪於地，痛哭流涕，對趙說：聖駕請回！趙無話可說，快快而去。元世祖大怒，於是下令將文天祥的雙手捆綁，戴上木枷，關進兵馬司的牢房。

文天祥入獄十幾天，獄卒才給他鬆了手縛；又過了半個月，才給他解下木枷。元朝丞相孛羅親自升堂審問文天祥。文天祥被押到樞密院大堂，昂然而立，只是對孛羅行了一個拱手禮。

孛羅喝令左右強制文天祥下跪。文天祥竭力掙扎，坐在

地上，始終不肯屈服。從此，文天祥在監獄中度過了三年。在獄中，他曾收到女兒柳娘的來信，得知妻子和兩個女兒都在宮中為奴，過著囚徒般的生活。

文天祥深知女兒的來信是元廷的暗示：只要投降，家人即可團聚。然而，文天祥儘管心如刀割，卻不願因妻子和女兒而喪失氣節。他在寫給自己妹妹的信中說：收柳女信，痛割腸胃。人誰無妻兒骨肉之情？但今日事到這裡，於義當死，乃是命也。奈何？奈何！……可令柳女、環女做好人，爹爹管不得。淚下哽咽。獄中的生活很苦，可是文天祥強忍痛苦，寫出了不少詩篇。《指南後錄》第三卷、《正氣歌》等氣壯山河的不朽名作都是在獄中寫出的。

元世祖至元十九年三月，權臣阿合馬被刺，元世祖下令沒收阿合馬的家財、追查阿合馬的罪惡，並任命和禮霍孫為右丞相。和禮霍孫提出以儒家思想治國，頗得元世祖贊同。八月，元世祖問議事大臣：南方、北方宰相，誰是賢能？群臣回答：北人無如耶律楚材，南人無如文天祥。於是，元世祖下了一道命令，打算授予文天祥高官顯位。文天祥的一些降元舊友立即向文天祥通報了此事，並勸說文天祥投降，但遭到文天祥的拒絕。

十二月八日，元世祖召見文天祥，親自勸降。文天祥對元世祖仍然是長揖不跪。元世祖也沒有強迫他下跪，只是說：你在這裡的日子久了，如能改心易慮，用效忠宋朝的忠心對朕，那朕可以在中書省給你一個位置。文天祥回答：我是大宋的宰相。國家滅亡了，我只求速死，不當久生。元世祖又問：那你願意怎麼樣？文天祥回答：但願一死足矣！元世祖十分氣惱，於是下令立即處死文天祥。次日，文天祥被押解到菜市口刑場。

監斬官問：「丞相還有什麼話要說？回奏還能免死。」

文天祥喝道：「死就死，還有什麼可說的？」

他問監斬官：「哪邊是南方？」有人給他指了方向，文天祥向南方跪拜，說：「我的事情完結了，心中無愧！」於是引頸就刑，從容就義，當時年僅四十七歲。

昭儀、丞相共吟滿江紅

滿江紅

——王清惠

太液芙蓉，渾不似、舊時顏色。曾記得、春風雨露，玉樓金闕。名播蘭簪妃后裡，暈潮蓮臉君王側。忽一聲、鼙鼓揭天來，繁華歇。龍虎散，風雲滅；千古恨，憑誰說？對山河百二，淚盈襟血。客館夜驚塵土夢，宮車曉碾關山月。問嫦娥、於我肯從容，同圓缺。

注　釋

- 滿江紅：詞牌名。
- 太液芙蓉：太液池，本漢武帝時建章宮中池名，唐代大明宮內亦有太液池。這裡泛指池苑。芙蓉，即荷花。
- 名播蘭簪：聲名像蘭草一樣芬芳。簪，一作「馨」。
- 暈潮蓮臉：暈潮，含羞的模樣，此指因得寵而露出光彩。
- 蓮臉：像蓮花一樣美麗的臉。

- 鼙鼓句：鼙鼓，軍中的小鼓。此句從白居易《長恨歌》「漁陽鼙鼓動地來」化出，指元軍南侵驚天動地的聲勢。
- 龍虎散二句：龍虎，指南宋君臣。風雲，形容政治上的威勢。
- 山河百二：這裡借指宋朝的江山。
- 問嫦娥三句：肯從容，容許我追隨。從容，同慫恿，有誘導之意。這三句說要追隨嫦娥到月宮中去，不願意留在人間。

皇宮池苑中的荷花，原來嬌艷無比，但今是昨非，已失去往日顏色。想起往昔得到浩浩皇恩，能夠在皇宮裡過著富麗堂皇、繁華的生活。當年在后妃當中自己的名聲就像蘭草一樣芬芳，而且面容美如荷花，因此得到皇帝寵愛。忽然一聲鼙鼓驚天動地，元兵入侵，一朝繁華已煙消雲散了。南宋朝廷已經土崩瓦解，君臣流散，朝廷政治上的威勢已去。山河破碎，人如飄絮。這千古遺恨，憑誰訴。

面對宋朝江山的破碎，痛哭流淚。在旅館裡夜間做夢也是塵土飛揚的一派戰亂場景，宮妃們饑寒露宿，被迫翻山越嶺，駛向荒涼的關塞。月裡的嫦娥呀，您能容許我追隨你，去過同圓缺，共患難的生活嗎？

背景故事

南宋末年，戰爭不斷，元軍南下，宋朝政權岌岌可危。宋端宗景炎丙子年，元軍攻破了南宋王朝的京城杭州，包括謝、全兩位皇后在內的三宮六院裡的美女都被俘虜北上，昭儀王清惠當時也在其列。她在途經夷山驛時，有感於國家的敗亡，便在驛站的牆壁上題寫了一闋《滿江紅》詞，來抒發她對自己這悲涼身世以及國家命運的深沉喟歎。

在這首《滿江紅》詞中，王清惠以今昔對比的手法，寫出了宋宮室往日的繁榮、歡樂，被俘後的淒慘與愁苦。詞中將悲慘的現實情景，沉痛的歷史回顧與不甘屈辱、渴望自由等熔鑄於一爐，議論縱橫、慷慨淋漓。

詞的最後三句採用疑問句式表達了自己的不向元朝低頭，渴望脫離苦難人世的思想。全詞血淚和流，令人難以忘懷。她由開始的戚戚於個人身世浮沉，最終昇華到反省國家興亡、歷史功罪的思想高度，負荷了整個時代、整個民族的悲慟。

南宋丞相文天祥，在他被押送北上的途中讀到王夫人這首感慨深沉的詞作時，搖頭感歎道：「哎，『問嫦娥、於我肯從容，同圓缺』，可惜啊！可惜啊！王夫人在此境況下怎能說些缺少思考的話語呢？」也就是說，文天祥覺得，作爲皇室成員的王夫人應該是堅貞不屈，大義凜然，絲毫不能有隨人左右而惜命的態度的。基於他這種至死不移的忠誠愛國之心，文丞相便仿王清惠的口吻提筆代她寫了另一首詞作《滿江紅》。

試問琵琶，胡沙外、怎生風色？最苦是、姚黄一朵，移根瑤闕。王母歡闌瓊宴罷，仙人淚滿全盤側。聽行宮、夜半雨霖鈴，聲聲歇。彩雲散，香塵滅；銅駝恨，那堪說？想男兒慷慨，嚼穿齦血。回首昭陽辭落日，傷心銅雀迎新月。算妾身、不願似天家，金甌缺！

當然，到了元朝首都北京的宋末昭儀王清惠，表現得也很大義凜然，當來到元朝的都城，在元兵的百般威逼下，王清惠至死不降，元人無奈，便讓她出家做了女道士。

不久，王清惠便在鬱憤之中離開了這個世界。所以，儘管文天祥代寫了王昭儀的詞作，但兩人的高風亮節，都足以同日月爭輝，與天地齊壽！

遭小人陷害的民族英雄

滿江紅

——岳飛

怒髮衝冠，憑欄處，瀟瀟雨歇。抬望眼，仰天長嘯，壯懷激烈。

三十功名塵與土，八千里路雲和月。莫等閒、白了少年頭，空悲切。

靖康恥，猶未雪；臣子恨，何時滅！駕長車、踏破賀蘭山缺。

壯志饑餐胡虜肉，笑談渴飲匈奴血。待從頭、收拾舊山河，朝天闕。

注　釋

- 瀟瀟：風雨聲。
- 三十：岳飛於紹興元年被宋高宗強令撤退而守鄂州，當時三十四歲。此處取其整數而言。
- 塵與土：指微不足道。
- 八千里路雲和月：八千里征戰，如追雲逐月，十分艱苦。
- 靖康：宋欽宗的年號。靖康元年，金人攻破宋都汴京。

次年初，徽、欽二帝被虜往北國。

- 賀蘭山：在今寧夏回族自治區西北。此處代指金國老巢的屏障。
- 匈奴：古西北民族名。此處代指金國侵略者。
- 朝天闕：指戰勝金人後，到京城朝見皇帝。

譯文

國恨家仇使我氣得頭髮直立起來頂起了帽子，登樓靠近欄杆時，一場驟雨剛剛停歇。抬頭遠望，對著天空大聲呼喊，不由得沸騰起滿腔的熱血。三十年來的功名利祿何足掛齒，八千里路的奔波征戰，總是伴隨著白雲和明月十分的艱難。

千萬不能消磨青春，等到滿頭白髮時，只會自己感歎悲傷卻為時已晚了，沒有任何用處。靖康年間的國恥，尚未洗雪，為臣者的大恨何時能夠泯滅？等到我駕起戰車長驅直入，踏破賀蘭山，直搗金賊巢穴！胸懷壯志，饑餓時以金賊之肉為餐飯，談笑之間，口渴時飲金賊之血！等我重新收復舊日河山，勝利的時候再拜見天子。

背景故事

岳飛字鵬舉，是中國歷史上有名的民族英雄，他留傳下來的作品不多，但都是充滿愛國激情的佳作。

岳飛出身貧寒，十九歲時就投軍抗擊外敵的入侵。不久

因父親去世，退伍還鄉守孝。當金兵大舉入侵中原的時候，岳飛再次投軍，開始了他抗擊金軍的戎馬生涯。傳說岳飛臨走的時候，他的母親在他的背上刺了「精忠報國」四個字。

岳飛投軍之後，因爲屢建奇功而升爲秉義郎，不久金軍攻破開封，俘獲了徽、欽二帝，北宋王朝滅亡。次年，趙構建立了南宋王朝，岳飛上書高宗，要求率軍收復失地，但是遭投降派排擠，反而被革職。不久岳飛隨東京留守宗澤守衛開封，因爲戰功卓著而被提拔爲武功郎。宗澤死後，跟隨東京留守杜充南下。

建炎三年，金國大將金兀術率金軍渡江南侵，岳飛率軍前往廣德、宜興，堅持抵抗，攻擊金軍的後防。次年，岳飛在牛頭山設伏，大破金兀術，收復了建康（今江蘇南京），金軍被迫北撤。之後，岳飛升任通州鎮撫使，擁有人馬萬餘，建立起一支紀律嚴明、作戰驍勇的抗金勁旅「岳家軍」。

紹興三年，岳飛又立戰功，得到高宗的褒獎，並賜予「精忠岳飛」的錦旗。次年他又率部擊破金國傀儡政權僞齊的軍隊，收復襄陽、信陽等六郡。岳飛也因爲功勳卓著升任清遠軍節度使。

紹興五年，岳飛率軍鎮壓並收編了楊么領導的農民起義軍。隨後駐軍鄂州（今湖北武昌），爲擴充軍力派人渡河聯絡太行義軍。他屢次建議高宗大舉北進，但都被高宗拒絕了。紹興九年，高宗、秦檜與金國議和，岳飛上表反對。

次年，金兀術進兵河南。岳飛奉命出兵反擊。相繼收復了鄭州、洛陽等地，在郾城大破金軍的精銳鐵騎兵「鐵浮圖」和「拐子馬」，乘勝進占朱仙鎮，距開封僅有四十五里。金兀術被迫退守開封，金軍士氣低落，發出了「撼山易，撼岳家軍難」的哀歎，不敢再出戰。

抗金形勢出現了好轉，在朱仙鎮，岳飛繼續招兵買馬，積極準備渡過黃河收復失地，直搗黃龍府。兩河義軍也紛起回應。這時高宗、秦檜卻一心求和，連發十二道金牌班師詔，命令岳飛退兵。岳飛壯志難酬，只好揮淚班師。

然而更令人歎息的是，岳飛回到臨安後，即被解除了兵權，改任樞密副使。不久就被誣陷謀反而下獄。紹興十一年十二月二十九日，以「莫須有」的罪名與其子岳雲及部將張憲一起被害於臨安的風波亭。寧宗時為其平反昭雪，被追封為鄂王。

岳飛善於謀略，治軍嚴明。在其戎馬生涯中，他親自參與指揮了一百二十六次戰役，沒有一次失敗，是一位名副其實的常勝將軍。岳飛文武雙全，著有《岳武穆遺文》（又名《岳忠武王文集》），其《滿江紅》詞是千古絕唱。

這是一首氣壯山河、光照日月的傳世名作。此詞即抒發他掃蕩敵寇、還我河山的堅定意志和必勝信念，反映了深受分裂、隔絕之苦的南北人民的共同心願。全詞聲情激越，氣勢磅礴。開篇五句破空而來，透過刻劃作者始而怒髮衝冠、繼而仰天長嘯的情態，揭示了他憑欄遠眺中原失地所引起的洶湧激盪的心潮。

接著，「三十功名」二句，上句表現了他蔑視功名，唯以報國為念的高風亮節，下句則展現了披星戴月、轉戰南北的漫長征程，顯然有任重道遠、不可稍懈的自勵之意。

「莫等閒」二句既是激勵自己，也是鞭策部下：珍惜時光，倍加奮勉，以早日實現匡復大業。耿耿之心，拳拳之意，盡見於字裡行間。下片進一步表現作者報仇雪恥、重整乾坤的壯志豪情。

「靖康恥」四句，句式短促，而音韻鏗鏘。「何時滅」，用反詰句吐露其一腔民族義憤，語感強烈，力透紙背。「駕長車」句表達自己踏破重重險關、直搗敵人巢穴的決心。「壯志」二句是「以牙還牙，以血還血」式的憤激之語，足以見出作者對不共戴天敵寇的切齒痛恨。

結篇「待從頭」二句再度慷慨明志：等到失地收復、江山一統之後，再回京獻捷。全詞以雷貫火燃之筆一氣旋折，具有撼人心魄的藝術魅力，因而廣為傳誦，不斷激發起人們的愛國心與報國情。

抗金名將難覓知音

小重山

——岳飛

昨夜寒蛩不住鳴。驚回千里夢，已三更。起來獨自繞階行。人悄悄，簾外月朧明。白首爲功名。舊山松竹老，阻歸程。欲將心事付瑤琴。知音少，弦斷有誰聽？

注　釋

- 蛩：蟋蟀。
- 舊山：舊日的山河，既指故鄉又指廣大的中原淪陷區。
- 瑤琴：鑲玉的琴。琴，一作「箏」。這後三句暗用俞伯牙與鍾子期的典故。

譯　文

昨夜我正在夢中千里馳騁，卻被蟋蟀叫驚醒。雖時已三更，難再入夢，起身出外，獨自於階前徘徊。四處靜悄悄，月色格外分明。我為建功立業奮鬥了半生，而今白髮滿頭卻

一事無成。家鄉的青松翠竹早已蒼老，關山重重卻擋住了我的歸程。我想將滿腔心事都寄於琴聲，無奈知音太少，琴弦又斷，更有誰來傾聽？

背景故事

在南宋朝廷抗金的鬥爭中，多數情況下，投降派占據上風。1136年，本來只想苟安江南的宋高宗趙構，在宰相張浚等人的勸說下，決定出兵北伐。湖北、襄陽路宣撫副使岳飛，奉命率領精銳的岳家軍從鄂州（今湖北武昌）移駐襄陽（今湖北襄樊），隨時準備揮師北上。

但是意想不到的事情發生了。掌握實權的宰相張浚，為了個人目的，竭力說服宋高宗改變主張，另派自己的心腹呂祉去統轄淮西的軍隊。岳飛知道後非常憤慨，一氣之下辭去軍務，跑到廬山母親的墓地守喪去了。

呂祉是個剛愎自用的官僚，根本不會帶兵。他到淮西軍中只有兩個月，劉光世的部將酈瓊就舉兵叛變，殺掉呂祉，帶著四萬多將士投降了偽齊政權。這個事件，給整個戰局帶來了嚴重的影響。

岳飛在朝廷的再三催促下，不久就從廬山回到了軍中。雖然報國的壯志受到挫傷，但並沒有絕望，仍然積極整飭軍隊，訓練將士，以便有朝一日能夠投入北伐中原的戰鬥中去，為光復祖國河山貢獻力量。

1138年，畏敵如虎的宋高宗終於起用秦檜為宰相，同金

朝訂立喪權辱國的和約。這對主張用武力收復失地的愛國志士來說，可說是一個沉重打擊。消息傳到鄂州，岳飛感到無限的痛心。

想到淪陷敵手的故鄉，多少年來，他渴望收復失地，重返家園，現在已無法實現了。他感到萬分悲痛，在悲痛中爲了抒發自己壯志難酬的孤憤心情，於是寫了《小重山》詞。

這首詞上闋寓情於景，寫作者思念中原、憂慮國事的心情。前三句寫作者夢見自己率部轉戰千里，收復故土，勝利挺進，實現「還我河山」的偉大抱負，興奮不已。後三句寫夢醒後的失望和徘徊，反映了理想和現實的矛盾。以景物描寫來烘托內心的孤寂，顯得曲折委婉，寄寓壯志未酬的憂憤。下闋抒寫收復失地受阻、心事無人理解的苦悶。

前三句感歎歲月流逝，歸鄉無望。「阻歸程」表面上是指山高水深，道路阻隔，難以歸去，實際上則是暗喻著對趙構、秦檜等屈辱求和、阻撓抗金鬥爭的不滿和譴責。

後三句用俞伯牙與鍾子期的典故，表達了自己處境孤危，缺少知音，深感寂寞的心情。全詞表現了作者不滿「和議」，反對投降，以及受掣肘時的惆悵。展現了作者強烈的愛國情感。

愛國志士淚空流

訴衷情

——陸游

當年萬里覓封侯，匹馬戍梁州。關河夢斷何處？塵暗舊貂裘。

胡未滅，鬢先秋，淚空流。此生誰料，心在天山，身老滄洲。

注釋

- 梁州：在今陝西漢中，作者曾在該地充任軍職。
- 關河：關塞與河防，指邊疆。
- 貂裘：貂皮衣服。
- 胡：指金人。
- 天山：在今新疆境內，是漢唐時的邊防前線。
- 滄洲：水邊，指作者家鄉紹興鏡湖邊的三山。

譯文

當年遠行萬里為了建功，單搶匹馬投軍到梁州。邊塞生活猶如飄逝的夢，灰塵積滿了舊貂裘。胡虜未消滅，雙鬢卻已經白似秋霜，悲憤的淚水空自流淌。怎料一生是這樣：心繫邊關，身老水鄉。

背景故事

陸游是宋代愛國詩人。字務觀，別號放翁。山陰（今浙江紹興）人。

陸游幼年經歷北宋末至南宋初的戰禍，因此對故土淪喪，人民塗炭，極感痛心。曾參加科舉考試，因喜論恢復宋室，而遭秦檜罷黜。秦檜死後，方得出仕。乾道六年至淳熙五年他去四川做官，一度在宋金交界一帶參加軍旅生活。

陸游今存詩作約九千三百首，數量之多，居中國古代詩人之冠。宋寧宗嘉定二年，立秋不久，陸游就病倒了，而且病情越來越重。雖然最近兩年來，他經常生病，有時好些，有時嚴重些，反反覆覆了好多次；但是，前幾次的病情都還比較輕，只要吃些藥，病情就慢慢地好轉了。可是這次他有了一種不祥的感覺。

陸游一生抱恨的是看不到中原的收復，感歎的是自己不能把敵人從中原驅逐出去。當他看到自己過去穿的貂皮軍服現在已積滿灰塵，更是感到萬分的悲憤。

於是，往事又一幕幕地浮現在腦海中。

想起當年爲了尋找建功立業的機會，自己單槍匹馬來到漢中，投身軍旅，去守衛前線最險要的地方。

往事如夢一般很快消失了。如今自己已是白髮蒼蒼的老

人了，鬢髮早已斑白，而實現收復中原失地、徹底驅逐金兵的理想依然遙遙無期。

陸游一心想到前線殺敵報國，但誰能料到自己將要老死在家鄉鏡湖邊的草房裡了。想到這些，陸游不禁熱淚盈眶，萬千感慨湧上了心頭。他取出筆、墨、紙、硯，慢慢地舒展開箋紙，把心中的一腔情感全都凝於筆端。

陸游提筆在手，游龍走蛇，一首《訴衷情》詞躍然素箋之上。詞中回顧自己當年在梁州參軍，期望爲恢復中原、報效祖國建功立業的往事，如今壯志未酬，卻已年老體衰，反映了作者晚年悲憤不已，念念不忘國事的愁苦心情。上片前兩句是當年作者在梁州參加對敵戰鬥的心情與生活的概述。他胸懷報國鴻圖，單槍匹馬馳騁於萬里疆場，確實想創立一番不朽的業績。「覓封侯」不能單單理解爲陸游渴望追求高官厚祿，因爲在寫法上作者在這裡暗用了班超投筆從戎的典故。

班超投筆「以期封侯」，後來在西域立了大功，真的被封爲「定遠侯」。陸游這樣寫，是爲了說明當年他在梁州的時候，也曾有過像班超那樣報國的雄心壯志。可是，陸游的願望並未變成現實，後兩句便是眼前生活的真實寫照：睡夢裡仍然出現舊日戰鬥生活的情景，說明作者雄心未已，睜眼看看眼前，「關河」毋庸說已經無影無蹤，當年的戰袍卻早就被塵土所封，滿目是淒涼慘澹的景象。下片緊承上片，繼續抒發自己念念不忘國事，卻又已經是「心有餘而力不足」

的鬱悶心情。「胡未滅」說明敵寇依然囂張；「鬢先秋」慨歎自己已經無力報國；「淚空流」飽含作者的滿腔悲憤，也暗涵著對被迫退隱的痛心。

結尾三句，蒼勁悲涼，寓意深刻。「誰料」二字感歎自己被迫退隱，流露了對南宋統治集團不滿的情緒。「心在天山，身老滄州」是年邁蒼蒼的陸游血與淚的凝聚，悲壯處見沈鬱，憤懣卻不消沉。寫完這首《訴衷情》詞，陸游彷彿把全部氣力都用盡了。此後，他在病床上躺了一百多天，吃藥也不見什麼效果，病情越來越嚴重了。這時陸游已經是八十五歲的老人了，他知道自己這次的病是很難有好轉的希望了，但是對抗金收復失地的事業，還是念念不忘。

他想到，一個人總是要死的，對於死，他並不感到可怕。十年前，他曾經想到過死，而且寫出了「死前恨不見中原」的詩句。現在，當他想到中原還落在金兵的手中，自己一生立志恢復中原的理想已成泡影再也難以實現時，心中便感到萬分沉痛。

他想到中原的淪陷、朝廷的腐敗、人民的苦難，千萬種情緒像潮水般在腦海裡翻騰。此外，他又想到參加進士考試，想到上馬殺敵，想到北山刺虎、江西遇水災，等等，這更加重了他的病情。

陸游病危的時候，左鄰右舍的鄉親和他的兒子，都含著熱淚，一起擁到他的床前。

可是，陸游並沒有絕望，他始終相信將來的中原定有一

天是能夠收復的，特別是當他想到從前抗金名將宗澤臨死時，還大呼三聲「渡河！」

這時，陸游的眼神已失去了光彩，口中不停地喘著粗氣，看上去已不能說話了。可是，當他看到前來的眾鄉親和自己的兒子時，忽然又振作了起來，把眼睛睜得大大的。

陸游吃力地點了點頭，要兒子站到他身邊來，當兒子一走到近前，他就緊緊地握住兒子的手說：「如果大軍收復了失地，到統一中原的那一天，咱們家裡舉行祭祀時，你們千萬不要忘記把勝利的消息告訴我啊！」

說完，陸游才慢慢地鬆開了手。可是，他還像是放心不下，很怕自己的兒子以後將他的這些話忘記了，於是他又要兒子取來紙和筆。

兒子遵命，將筆、墨、紙、硯放到陸游的面前。這時垂危的陸游，精神剎時振作了起來。他支撐著，慢慢地、顫巍巍地提起筆來，寫下了一首《示兒》詩：

死去原知萬事空，

但悲不見九州同。

王師北定中原日，

家祭無忘告乃翁。

寫完這首詩，陸游緩緩地閉上了眼睛。一代大詩人，一位久經戰場的驍將，就這樣懷著念念不忘收復失地的悲憤，與世長辭了。

賦詞痛斥投降政策

六州歌頭（長淮望斷） ——張孝祥

長淮望斷，關塞莽然平。征塵暗，霜風勁，悄邊聲。黯銷凝，追想當年事，殆天數，非人力；洙泗上，弦歌地，亦膻腥。隔水氈鄉，落日牛羊下，區脫縱橫。看名王宵獵，騎火一川明，笳鼓悲鳴，遣人驚。

念腰間箭，匣中劍，空埃蠹，竟何成！時易失，心徒壯，歲將零，渺神京。干羽方懷遠，靜烽燧，且休兵。冠蓋使，紛馳騖，若爲情。聞道中原遺老，常南望、翠葆霓旗。使行人到此，忠憤氣填膺，有淚如傾。

注　釋

- 長淮：淮河。宋高宗紹興十一年，南宋與金訂立和議，兩國以淮河為分界。
- 莽然：草木茂盛的樣子。
- 平：指草木與關塞戍樓一樣高。

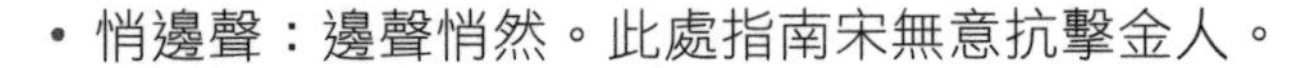

- 悄邊聲：邊聲悄然。此處指南宋無意抗擊金人。
- 黯銷凝：感傷失神。
- 當年事：指金人攻破北宋都城的往事。
- 殆天數：大概是上天的意志。
- 洙泗：兩條河流名，均流經今山東省曲阜市。春秋時魯國孔子曾在此地講學，後遂稱洙泗為禮樂之鄉。
- 弦歌地：禮義教化之地。
- 亦羶腥：也變成了金人統治的羶腥之地。
- 隔水氈鄉：隔淮河以北的金國。金人原居東北地區，住在氈帳之中，故稱其地為氈鄉。
- 區脫：匈奴語稱邊塞的堡戍為區脫。區，讀為ㄡ（歐）。
- 名王：指金國的將領。
- 遣人驚：暗中令人吃驚。
- 空埃蠹：白白地銹成塵土。
- 歲將零：自己所剩的歲月已經不多。
- 渺神京：收復故都汴京的願望還十分渺茫。
- 干羽方懷遠：意思是指南宋朝廷一味主張以仁德懷撫遠夷，實質上是向敵人求和。
- 靜烽燧：邊境上沒有硝煙戰火。
- 冠蓋使：指南宋朝廷的使臣。
- 紛馳騖：來來往往奔走於路。
- 若為情：好像並不難為情。

• 翠葆霓旌：指南宋皇帝的儀仗。翠葆，翠羽裝飾的車蓋。霓旌，畫著雲霓的旌旗。

• 填膺：充滿心胸。

譯文

抬頭看看千里淮河，邊關的戍壘已淹沒在雜草之中。寂靜的邊防線上，沒有征討金人的煙塵，只有秋風勁吹，這情景真令人魂斷神凝！回想起當年靖康之禍，那或許是上天的意思，而非人力所能變更。

洙泗之水流經的地方，禮義教化的地方，竟任憑侵略者殺戮縱橫。隔河望去，昔日肥美的土地，已佈滿金人的氈帳，牛羊在殘陽中被驅趕前行。金兵的哨所連成一片，嚴密控制著兩國邊境。看那酋長夜間射獵，鐵騎上的火把，照得淮水通明。胡笳發出嗚咽的鳴聲，令人感到膽寒心驚。想我腰間的弓箭，匣中的寶劍，白白地受著蟻蛀塵封，至今立下了什麼功名！

歲月易逝，空懷著一腔熱血，眼看一年又將過盡，收復故都的夙願仍恍如夢中。說什麼靠仁德招撫遠方的少數民族，罷兵和好，以求共榮，那其實是賣國求榮啊！不知那駟馬高車中的大宋使臣，往來穿梭於兩國之間，是否還知道難為情？早聽說鐵蹄踐踏下的中原人民，終日南望，苦苦盼望著御駕親征。面對此景，即便是行人經過此處，也會義憤填膺，熱淚狂湧。

背景故事

張孝祥，字安國，簡州（今屬四川）人。高宗紹興二十四年進士，廷試第一。曾因觸犯秦檜，下獄。孝宗時，任中書舍人，直學士院。隆興元年，爲建康（今南京市）留守，因贊助張浚北伐而被免職。後任荊南湖北路安撫使，治水有政績。進顯謨閣直學士致仕。其詞早期多清麗婉約之作，南渡後轉爲慷慨悲涼，多抒發愛國情懷，激昂奔放，風格近蘇軾。

張孝祥出生的時候，正好遇上連年戰亂，金兵不斷入侵，大宋王朝政局不穩。爲了逃避戰亂，他隨父親渡過長江，住到了安徽蕪湖升仙橋附近。看到國家危亡，他立志長大後要建功立業，報效國家。

從小就立下遠大志向的他自幼便廢寢忘食地刻苦攻讀。由於刻苦再加上他天資敏捷、強聞博記，很快他的才華便展現了出來，當時人們都稱他爲奇才。有才學的人自然會受到人們的敬重，豫章王德機更是賞識他的才幹，便招他爲婿，把女兒嫁給了他。

張孝祥先是考取了州裡進士預試的第一名，接著他要去參加朝廷禮部進士考試。此次的主考官是他的老師湯思退。

湯思退是個十分善於奉迎的人物，他明明知道自己的學生張孝祥文才出眾，抱負遠大，但他爲了巴結當朝宰相秦檜，便尋取秦檜的孫子秦塤爲第一名。

湯思退只知奉迎而不顧公正的舉動，引起了公憤，來京考進士的舉子們議論紛紛，起來爲張孝祥鳴不平。他們投書的投書，寫狀的寫狀，決心要把事情弄個水落石出。

在強大輿論的支持下，張孝祥也極力爲自己爭取公道。後來，這件事情傳到宋高宗那裡，他也覺得事情這樣辦不對，便決定由自己進行廷試，以辨優劣。

在廷試中，宋高宗仔仔細細地推敲了張孝祥和秦塤的文章，只覺得秦塤的文章平平，沒有什麼特殊之處，遠不及張孝祥的文章出色，張孝祥的文章大氣磅礴，自有主張，行文異常精采。宋高宗對張孝祥的文章愛不釋手，於是，宋高宗御筆親點張孝祥爲第一名，得中頭名狀元。

再說秦檜的孫子秦塤，宋高宗考慮到宰相秦檜的顏面便把秦塤降爲第三名。

這件事令奸相秦檜大爲惱火，心中萬分不痛快，但礙於宋高宗的面子，他不好馬上發作，只得把這口氣暫時嚥了下來。

張孝祥中了頭名狀元，但他不是爲了當官才來參加考試的，他爲的是報效國家，於是他立即向宋高宗上書，大膽地直言岳飛之冤，請求朝廷表彰岳飛的忠義，並佈告天下，告慰岳飛的英靈。

宋高宗看了張孝祥的上書，當然不會應允，雖然是一肚子的不高興，但因爲張孝祥是新科狀元，只得忍著三分，不予計較。

張孝祥的上書之事，又惹怒了秦檜。因為殺害岳飛父子正是秦檜下的毒手，如果萬一宋高宗聽了張孝祥的話，准予表彰岳飛忠義，並佈告天下，再想到自己的孫子也是由於這個張孝祥而沒有中得頭名狀元，更是憋了一肚子的氣。

於是，秦檜想方設法來陷害張孝祥。秦檜找來自己的心腹，讓他示意朝廷中的言官，誣告張孝祥的父親、直祕閣淮南轉運判官張祁以謀反罪，將其拘捕下獄。秦檜命人對張祁嚴刑逼供，但張祁寧死不屈，無奈秦檜不好向宋高宗交代，只好把他關在獄中不放。直到秦檜死後，張祁才被保釋出獄。

宋孝宗即位，這時主戰派勢力占了上風，朝廷啓用抗金名將張浚，並採納了他提出來的北伐抗金的主張。南宋朝野一片收復失地的呼聲。可是，就在一片大好形勢的呼聲中，由於張浚軍中兩位將領發生內訌，致使北伐失敗，在符離集遭到金兵的重創。

這時，投降派再度得勢。他們誣陷主戰派誤國，宋孝宗又沒了主張，重新任用秦檜的餘黨湯思退為相，罷免了張浚。

湯思退奉宋孝宗之命正式與金人議和，簽訂了喪權辱國的「隆興和議」，南宋皇帝稱金主為叔伯。

這對於有著一腔愛國激情並且一心想要為國出力的張孝祥來說，真是最大的不幸，他仰天長歎，悲憤無比。在一次朝廷官員相聚的宴會上，他再也按捺不住，在極其悲憤的情況下寫下了流傳千古的《六州歌頭》詞。

在這首詞中，張孝祥描寫了中原淪陷區的淒涼和金兵的種種罪惡，同時感歎自己壯志難酬的無奈和悲憤。

上闋，描寫江淮區域宋金對峙的態勢。「長淮」二字，指出當時的國境線，含有感慨之意。「黯銷凝」一語，揭示出詞人的壯懷，黯然神傷。追想當年靖康之變，二帝被擄，宋室南渡。誰實爲之？天耶？人耶？

語意分明而著以「殆」、「非」兩字，便覺搖曳生姿。洙、泗二水經流的山東，是孔子當年講學的地方，如今也爲金人所占，這對於詞人來說，怎能不從內心深處激起震撼、痛苦和憤慨呢？自「隔水氈鄉」直貫到歇拍，寫隔岸金兵的活動。一水之隔，昔日耕稼之地，此時已變爲遊牧之鄉。帳幕遍野，日夕吆喝著成群的牛羊回欄。

下闋，抒寫復國的壯志難酬，朝廷當政者苟安於和議現狀，中原人民空盼光復，詞情更加悲壯。

換頭一段，詞人傾訴自己空有殺敵的武器，只落得塵封蟲蛀而無用武之地。所以「渺神京」以下一段，悲憤的詞人把詞筆鋒芒直指偏安的小朝廷。汴京渺遠，何時光復！所謂渺遠，豈只是指空間距離之遙遠，更是指光復時間之渺茫。這不能不歸罪於一味偷安的朝廷。

「幹羽方懷遠」活用《尚書・大禹謨》「舞幹羽於兩階」（幹，盾；羽，雉尾）故事。據說舜大修禮樂，曾使遠方的有苗族來歸順。詞人藉以辛辣地諷刺朝廷放棄失地，安於現狀。所以下面一針見血地揭露說，自紹興和議成後，每年派遣賀正旦、賀金主生辰的使者、交割歲幣銀絹的交幣使

以及有事交涉的國信使、祈請使等，充滿道路，在金受盡屈辱，忠直之士更有被扣留或被殺害的危險。即如使者至金，在禮節方面仍須居於下風。

「聞道」兩句寫金人統治下的父老同胞，年年盼望王師早日北伐收復失地。

「翠葆霓旌」，即飾以鳥羽的車蓋和彩旗，是皇帝的儀仗，這裡借指宋帝車駕。結尾三句順勢所至，更把出使者的心情寫出來。

孝祥伯父張邵於建炎三年使金，因不屈被拘留幽燕十五年。任何一位愛國者出使渡淮北去，就都要爲中原大地的長期不能收復而激起滿腔忠憤，爲中原人民的年年傷心失望而流出熱淚。

「使行人到此」一句，「行人」或解作路過之人。這首詞的強大生命力就在於詞人的愛國精神。正如詞中所顯示，熔鑄了民族的與文化的、現實的與歷史的、人民的與個人的因素，是一種極其深厚的愛國主義精神。所以一旦傾吐爲詞，發抒忠義就有氣魄。

詞中，把宋金雙方的對峙局面，朝廷與人民之間的尖銳矛盾，加以鮮明對比。多層次、多角度地展現了那個時代的宏觀歷史畫卷，強而有力地表達出人民的心聲。

春去無歸路

蘭陵王（丙子送春）　　——劉辰翁

送春去，春去人間無路。秋千外、芳草連天，誰遣風沙暗南浦。依依甚意緒？

漫憶海門飛絮。亂鴉過、斗轉城荒，不見來時試燈處。春去，誰最苦？但箭雁沉邊樑燕無主，杜鵑聲裡長門暮。想玉樹凋土，淚盤如露。咸陽送客屢回顧，斜日未能度。春去，尚來否？正江令恨別，庾信愁賦，蘇堤盡日風和雨。歎神遊故國，花記前度。人生流落，顧孺子，共夜語。

- 丙子：宋恭帝德二年，西元1275年。這一年正月，元兵攻占了南宋首都臨安，三月，掠恭帝及全太后等人北去。
- 送春：暗寓對南宋滅亡的哀悼。
- 海門飛絮：喻逃亡到南海的南宋宗室。

- 斗轉城荒：斗移星轉，城市變得荒蕪不堪。暗指時局驟變，繁華的都城轉眼間變成一片廢墟。
- 試燈：唐宋時期，元宵燈節前幾天試掛花燈的活動。
- 箭雁沉邊：中箭的大雁跌落在邊塞。暗喻南宋君臣被掠往北國。
- 樑燕無主：樑間的燕子失去了主人。暗喻南宋遺民失去了祖國。
- 長門：漢武帝幽禁陳皇后的長門宮。此處代指南宋的宮殿。
- 凋土：凋落在地，喻亡國。
- 淚盤如露：漢武帝在建章宮前鑄銅人，手托承接雨露的銅盤。此句意謂國家淪亡，淚水像仙人承露盤中的露水一樣多。
- 咸陽送客：此句暗喻南宋遺民目送帝后北去，帝后及群臣屢屢回顧故國臣民。
- 斜日未能度：黃昏時分真令人難以度過。
- 江令恨別：南朝梁江淹，因其擔任過建安吳興令，故稱江令。他曾經寫過《恨賦》、《別賦》。
- 庾信愁賦：北周庾信初為南朝梁大臣，出使北朝，因國亡而羈留在北方，曾寫過《愁賦》，表達自己思念故國之情。
- 蘇堤：西湖堤岸名，北宋蘇軾任杭州通判時所築。此處代指南宋都城臨安。

- 花記前度：化用劉禹錫《再游玄都觀》詩：「種桃道士歸何處，前度劉郎今又來」之句。
- 孺子：指自己的兒子劉將孫。

譯文

我把春天送走，這一次春天過後人間再也沒有什麼路可以走了。秋千外面，芳草連著天邊，不知是誰吹來風沙遮蔽了南浦。我情思依依，說不清究竟是什麼心緒。空自懷想著漂流海外的飛絮。群鴉飛過，轉眼間繁華的京城已殘破不堪，再也找不到初來時的觀燈之處。

春天歸去誰最痛苦？只看到那被射中受傷的大雁跌落在邊關，樑間的燕子也失去了主人，暮色中傳來杜鵑聲聲，像是對著長門啼哭。想到那後庭玉樹已凋落在地上，承露盤中分明是一汪淚水，哪裡還能承接雨露？它依依不捨，向著咸陽城送行的人頻頻回顧，斜陽之下，它艱難地向東移去。

春天已經離去，不知它還能不能再來到這裡？江淹的《恨賦》、《別賦》，庾信的《愁賦》，此時吟起來尚覺意味不足，蘇堤上是一片淒風苦雨！可憐我只能在夢中遊歷故國，那時節不知花兒還能否將前度劉郎記取？人生至此只有流落天涯，與年少的兒子對床夜語。

背景故事

劉辰翁，字會孟，號須溪。廬陵（今吉安）人。南宋末期辛派詞人中成就較大的愛國詞人，進士出身。做過濂溪書院（當時講學的地方）院長。他對專權誤國的賈似道不滿。後來堅決不肯擔任官職。宋亡後，埋頭著書。在南宋遺民裡面，他的詞反映的愛國思想是比較強烈的。

宋恭帝時期，奸臣賈似道掌握朝政大權，這時皇帝只有四歲，於是，這使賈似道更加肆無忌憚地禍國殃民。

掌握了朝政大權的賈似道好大喜功，率領諸路兵馬十三萬人，進駐魯港，輕率地準備向元兵出擊。賈似道首先命令部將夏貴統領戰艦兩千五百艘遍佈江中，孫虎臣率七萬兵馬為先鋒。

這時元軍也有一路大軍殺來，兇猛地衝擊宋軍。未等交戰，宋軍早已四處逃散。賈似道聞報，大驚失色，不知所措，哪裡還能指揮作戰。結果，宋朝十餘萬大軍，丟盔棄甲，望風而逃，潰敗之際自相踐踏，死者不計其數。

狂妄至極的賈似道，在一隊貼身衛士的保護下，一直逃到揚州去了。元軍一看宋軍不戰自潰，一直追殺一百五十餘里，繳獲宋軍戰艦和軍械無數。

南宋傑出愛國詞人劉辰翁聽到這一慘敗的消息，十分氣憤，放聲大哭，大罵奸臣賈似道誤國，恨不能親手將他殺死。

在南宋詞壇上，劉辰翁詞的成就不是十分的突出，但他在宋亡之後堅決不做元朝的官，是個十分值得欽佩的愛國志士。後來南宋的都城臨安被元朝大軍攻破，宋恭宗以及太后嬪妃全被擄往北方。

如詩如畫的富庶江南，慘遭蒙古鐵騎的踐踏與蹂躪。劉辰翁看到國破家亡的慘劇，悲痛萬分，填下《蘭陵王・丙子送春》一詞。這首《蘭陵王》以送春爲題，三片都從「春去」開頭，暗寓故國淪喪之痛。第一片問人間已無歸路，春將去何處？這是指故國陷落，幼帝飄流海邊，前途難料。

第二片問春去後誰最苦？這是亡國之後，君臣被擄往北方，去國離家時的無限淒苦之情。

第三片問春去後還能否回來？暗示皇帝不得南歸，大宋難以復國。最後寫自己如今只能神遊故都，空憶繁華，不勝天涯淪落的悲愴之感。

歷史上文人的愛國情節

清平樂

——張炎

蘭曰國香，為哲人出，不以色香自炫，乃得天之清香者也。楚子不作，蘭今安在？得見所南翁枝上數筆，斯可矣。賦此以紀情事雲。

三花一葉，比似前時別。煙水茫茫無處說，冷卻西湖風月。貞芳只合深山，紅塵了不相干。留得許多清影，幽香不到人間。

注　釋

- 楚子：指愛國詩人屈原。
- 所南翁：指南宋畫家鄭思肖，自號所南。
- 冷卻：冷落。
- 紅塵：紛擾的塵世。

譯　文

寥寥幾筆疏蘭，無土無根太個別。面對著茫茫山水無法訴說，更無心去賞那西湖風月。芳香貞潔的蘭花只該生在深

山，它與那紛亂骯髒的塵世毫不相干。窈窕清影留山中，幽幽香氣也不願飄到世間。

背景故事

宋末元初的時候，歷史上湧現出許多以氣節自高的民族志士，福建連江人鄭思肖即是一個卓越代表。

早先時候，身爲太學生的他在杭州參加博學宏詞科考試，正趕上元軍大舉南下，他便向朝廷上書，要求組織力量進行抵抗，但此奏章卻被瞞壓著不給上報。出於對大宋王朝的一片赤誠，於是他盡自己所能地爲挽救趙宋奔走呼號。但可惜得很，氣數已盡的南宋王朝很快便退出了歷史舞台，作爲個人的他自然也就無能爲力了。然而，即便如此，他依然如故地思念著南宋王朝，就像許多有骨氣的文人志士一樣，樹立起一個文化人面對邪惡勢力而能夠始終堅貞不屈的崇高形象。

據說他對南宋王朝的懷念已經到了瘋狂的地步，就是坐下來時也一定要面朝南方，他正是以這種方式來表明自己對當年位於南方杭州宋王朝的赤膽忠心。並且到了每年的臘八節，他必定要面向南面的田野痛哭，然後一連拜上幾拜，這才回去。每當他聽到有人用北方語言講話時，都要捂住耳朵快速地離開。他原本以善於畫蘭花著名，這時他也擱筆不再畫了。

鄭思肖由於自身非常愛國，擔心會耽誤佳人以致終身不

娶。關於他善畫蘭花之事，也留下了許多趣事。他雖然善於畫蘭花，但他不輕易給人畫。當地縣官久聞他的大名一再託人說情給他畫蘭花，鄭思肖得知這縣官是一個欺詐百姓的昏官時，便斷然的拒絕了他。鄭家當時還有幾分田地，於是這個縣官就藉此威脅他說，如果不給畫蘭花，那麼縣府將要加重其賦稅。鄭思肖一聽，當即大怒道：「就是把我殺了也不會給你畫蘭花！」那個縣官終究震懾於鄭思肖在社會上的隆盛聲望，所以也不敢對他恣意胡來了。

南宋王朝滅亡後，鄭思肖再畫蘭花時就不再畫上蘭花所需的泥土了。人們見他這樣，都覺得不可思議，便詢問這可有什麼道理。而鄭思肖則哀歎道：「國土都已經喪失了，難道你們不知道嗎？」聽了此話，問他的人只好知趣地離開。而聽到這事情的著名詞人張炎，對鄭思肖的愛國精神不由得肅然起敬，一次，張炎在朋友珍藏鄭思肖所畫的墨蘭上，感慨地題寫了一首《清平樂》詞。其實從詞的內涵來看，張炎又何嘗不是一位愛國志士呢？

 大好河山何日收回

相見歡

——朱敦儒

金陵城上西樓，倚清秋。萬里夕陽垂地大江流。

中原亂，簪纓散，幾時收？試倩悲風吹淚過揚州。

注　釋

- 簪纓：這裡代指世族。
- 倩：請。

譯　文

登上金陵城的西樓，倚靠欄杆向遠處眺望。廣闊的天空下，太陽就要西下了，大江奔流。中原戰亂，人民離散，淪喪的國土什麼時候才能收復？請秋風將我的熱淚吹到揚州去吧！

南宋王朝建立初期，宋高宗啓用李綱爲宰相，任命宗澤爲東京（今河南開封）留守。新皇帝剛繼位，所有的大臣們都鬥志昂揚，誓與朝廷共存亡，決心大展宏圖一舉收復中原，所以抗金鬥爭很有起色。

但是，宋高宗卻有另外的想法，他剛剛繼位，如果打敗金兵收復中原，那就要迎回徽宗和欽宗兩位皇帝，到那時自己就再也做不成皇帝了。由於有這種打算，他便採取了投降策略。

宋高宗的投降政策使金兵更加倡狂，他們強行渡過淮河。金陵當時還沒有遭到金兵的踐踏，但也有兵臨城下之感了。

金兵侵占開封城剛剛四個月的時間，燒殺、擄掠、姦淫，無惡不作。當時中原地區有李綱、宗澤、岳飛、韓世忠等愛國文臣武將的積極抵抗，但也存在包括皇帝高宗在內的投降派，有各地紛紛組織起的抗金武裝，也有金人建立的傀儡——漢奸張邦昌的僞楚政權和劉豫的僞齊政權。真是天下大亂。

而這時宋王朝的官僚和地主紛紛帶上自己的金銀財寶南逃了。大片的失地不知道什麼時候才能收復？什麼時候才能重建大宋江山？在一個秋日的傍晚，朱敦儒登上金陵城西門高高的城樓。他向遠方眺望，看到祖國的大好河山如今支離

破碎，這讓他感到了深深的憂慮，他揮筆寫下了《相見歡》這首詞以抒發自己當時的心情。

全詞氣魄宏大，寄慨深遠，凝聚著當時廣大愛國者的心聲。上片寫金陵登臨之所見。開頭兩句，寫詞人登城樓眺遠，觸景生情，引起感慨。金陵城上的西門樓，居高臨下，面向波濤滾滾的長江，是觀覽江面變化，遠眺城外景色的勝地。接下來，作者寫自己在秋色中倚西樓遠眺。「清秋」二字，容易引發人們產生淒涼的心情。詞中所寫悲秋，含意較深，是暗示山河殘破，充滿蕭條氣象。

第三句描寫「清秋」傍晚的景象。詞人之所以捕捉「萬里夕陽垂地大江流」的意象，是用落日和逝水來反映悲涼抑鬱的心情。

下片回首中原，用直抒胸臆的方式，來表達詞人的亡國之痛，及其渴望收復中原的心志。「簪纓」是貴族官僚的服飾，用來代人。「簪纓散」，說他們在北宋滅亡之後紛紛南逃。「幾時收」，既是詞人渴望早日收復中原心事的表露，也是對南宋朝廷不圖收復的憤懣和斥責。

結尾一句，用擬人化的手法，寄託詞人的亡國之痛和對中原人民的深切懷念。作者摒棄直陳其事的寫法，將內心的情感表達得含蓄、深沉而動人。人在傷心地流淚，已經能說明他的痛苦難以忍受了，但詞人又幻想請託「悲風吹淚過揚州」，這就更加表現出他悲憤交集、痛苦欲絕。

揚州是當時抗金的前線重鎮，過了淮河就到了金人的占

領區。風本來沒有感情，風前冠一「悲」字，就給「風」注入了濃厚的感情色彩。此詞將作者深沉的亡國之痛和慷慨激昂的愛國之情表達得淋漓盡致、感人肺腑，讀後令人感到盪氣迴腸，餘味深長。

范仲淹戍邊填詞

漁家傲

——范仲淹

塞下秋來風景異，衡陽雁去無留意。四面邊聲連角起。千嶂裡，長煙落日孤城閉。濁酒一杯家萬里，燕然未勒歸無計。羌管悠悠霜滿地。人不寐，將軍白髮征夫淚！

注　釋

- 塞下：指宋朝西北邊塞。
- 衡陽雁：指南歸之雁。
- 邊聲：邊塞的聲音，如風聲、馬嘶聲、羌笛聲等。
- 角：畫角，軍中樂器。古代軍中以吹角表示昏曉。
- 嶂：像屏障一樣並列的山峰。
- 長煙：這裡指暮靄。
- 燕然：山名，即今蒙古境內的杭愛山。
- 未勒：未能刻石記功。
- 歸無計：不能早作歸計。
- 羌管：即羌笛。

譯文

西北邊塞秋天的風光和江南很不一樣。大雁再次飛回衡陽，一點也沒有留戀之意。黃昏時，軍中的號角一吹，整個邊塞悲哀的氣氛也隨之而起。層巒疊嶂裡，暮靄沉沉，山銜落日，城門緊閉。飲一杯濁酒，不由得想起萬里之外的家鄉；未能像竇憲那樣戰勝敵人，刻石燕然，還鄉之計就無從談起。悠揚的羌笛聲響起來了，天氣寒冷，秋霜滿地。夜深了，戍邊的將士們卻都睡不著覺；將軍為軍務日夜操勞，鬚髮都變白了；戰士們長久地在外戍守邊防，因為思念家鄉而掉下了眼淚。

背景故事

范仲淹，字希文，蘇州吳縣（現在蘇州吳中區）人，宋真宗朝進士。他是北宋時期的政治家、軍事家、文學家。兩歲喪父，和母親隨繼父（爲小官吏）四處遷徙。二十六歲登進士第，因敢於直言強諫，屢遭貶斥，久不被重用。

宋仁宗時期，范仲淹與韓琦一起被朝廷任命爲陝西經略安撫使，戍守邊防，抵禦西夏。

范仲淹與韓琦一到任，就採取一系列軍政措施，很快解除了西夏對延州的威脅。朝廷爲此重重獎賞了他們，並先後幾次提拔范仲淹。但范仲淹不滿足於一時的戰果，他與韓琦日夜操勞，希望能徹底的擊退西夏軍隊，從根本上解除邊

患。烈日下，他與兵卒一起築城池，修復廢寨；寒冬裡，他親自訓練士卒，演習陣法。不到兩年，陝西、甘肅一帶社會穩定人民安居樂業，軍隊的戰鬥力得到了很大的提升。范仲淹已在邊區軍民中樹立起極高的威望，就連西夏人也不敢小看他，稱讚他有數萬精兵，不可輕易攻打。

這一日，勞累了一天的范仲淹暫時放下軍機要事，緩步走出大帳。他一面四處巡視，一面回想起兩年多來征戰邊疆的日日夜夜，因此想把這種邊疆的軍旅生活以詞的形式表現出來，於是寫下了這首《漁家傲》。

這首詞道出了守邊將士報效國家的雄心壯志，訴說了離家萬里的憂思。

後來，西夏終於和宋朝講和了。范仲淹因守邊有功，被提升爲參知政事，重新回到朝中做了朝廷的重臣，宋仁宗也非常看重他，多次向他徵求富國強兵的良策。

范仲淹後來被宋仁宗委以重任，實行變法，力圖振興大宋王朝，後來變法失敗，范仲淹被貶，但他的這首詞卻流傳至今。

上片寫景，描寫的自然是塞下的秋景。一個「異」字，統領全部景物的特點：秋來南飛的大雁，風吼馬嘶夾雜著號角的邊聲，崇山峻嶺裡升起的長煙，西沉落日中閉門的孤城……作者用近乎直述的手法，描摹出一幅寥廓荒僻、蕭瑟悲涼的邊塞鳥瞰圖。

下片抒情，抒發的是邊關將士的愁情。端著一杯渾濁的酒，想起遠在萬里之外的家鄉，可是邊患沒有平息，怎能談得到歸去？再加上滿眼的白霜遍地、盈耳的羌笛聲碎，又叫人如何能夠入睡？將士們只能是愁白了烏髮，流下了濁淚。在這裡，作者將直抒胸臆和借景抒情相結合，抒發出邊關將士壯志難酬和思鄉憂國的情懷。

好事近，事難全

好事近

——胡銓

富貴本無心，何事故鄉輕別？空使猿驚鶴怨，誤薜蘿秋月。

囊錐剛要出頭來，不道甚時節！欲駕巾車歸去，有豺狼當轍！

注　釋

- 何事：因什麼事。以上兩句說，本來不想謀求富貴，卻為什麼輕易離開了故鄉？
- 猿驚鶴怨：猿和鶴都怪怨主人離開它們去做官。
- 誤薜蘿秋月，耽誤了山林中的風光。薜蘿，薜荔和女蘿，指隱者所居或隱者的衣服。秋月，泛指山野美景。
- 「囊錐」句：想像毛遂一樣表現自己的才能，可不瞭解是怎樣的時勢。指秦檜等權臣當政，自己受其打擊。
- 巾車：有帷幔的小車。
- 豺狼當轍：當轍，阻擋道路。比喻奸臣當道。

我本來沒有心思去追求富貴，卻為什麼與故鄉輕易地分別？白白地讓猿猴害怕、白鶴含怨，辜負了田野風光山間明月。總想像毛遂那樣自薦顯露才能，卻不幸處在奸佞當道的時節。我想乘著車子離開這兒去隱居，可是又有豺狼一樣的人擋道啊！

背景故事

宋高宗時期，金兵攻打贛州，燒殺搶掠，無惡不作，胡銓自己招募勇士抵禦金兵。

在朝廷中，胡銓是主戰派，他堅決反對同金兵議和，而主張抵抗到底。宋高宗紹興八年，胡銓不顧個人安危，直接上書宋高宗，請求誅殺投降派大臣王倫、秦檜和孫近，並主張扣留金邦的使臣。因此，胡銓受到秦檜等人的迫害，而宋高宗忠奸不分，將胡銓貶到福州去做府署的幕僚小官簽判。

以秦檜爲首的投降派掌握朝中大權以後，便與金國簽訂了喪權辱國的投降和約，並在宋高宗面前進一步誣告胡銓過去的抗金主張是妄言。於是，胡銓被押解到廣東新州管制起來。

胡銓雖然失去了人身自由，但他沒有被權勢所屈服，始終堅信自己的抗金主張是正確的，自己的愛國立場在任何情況下都是不能動搖的。可是，在一個小人當道的朝廷裡面，

自己的抱負難以實現，只好將悲憤之情抒發在自己的詩詞之中。於是，他寫了這首《好事近》詞。

這首詞充分地反映了胡銓雖然身處險境，卻不屈服的鬥爭精神。

可是投降派的新州郡守張棣爲虎作倀，向朝廷誣告胡銓，說胡銓作詞誹謗朝廷重臣，並對朝廷不滿。結果，宋高宗大怒，也不調查便下旨將胡銓發配到海南去了。

這首詞表現了作者不畏權勢，絕不和以秦檜爲代表的投降派同流合污的高尚氣節。上片貌似以曠達言語勸慰自己，實際上則是抒發對他所處境遇的強烈不滿。下片直抒胸懷，奸相當道，報國無門，想要歸去又有豺狼擋道。表明了作者對秦檜等人的諷刺與抨擊。

上片是說自己無意富貴，卻走上仕途，深感懊悔。「富貴本無心，何事故鄉輕別？」「輕」，輕率，鬼使神差似的，這是深深的自責，由現在想到當初的輕率尤爲懊悔。「空使猿驚鶴怨，誤薜蘿秋月。」「薜蘿」，幽隱之處，「薜蘿秋月」藉指隱者徜徉自適的生活，這裡是藉猿鶴以自責其棄隱而仕，放棄了山中的美景。「空」、「誤」兩字道出做官卻未能遂願，把自己的悔恨展現得更爲強烈。「囊錐剛要出頭來，不道甚時節！」「囊錐出頭」即「脫穎而出」，化用毛遂自薦典故。這兩句是說：你硬是要出頭，逞能你也得弄清時節和世道，很明顯「出頭」是指十年前反對和議、抨擊秦檜。這裡用的是埋怨、自責的口吻，不是「悔」。

既然悔恨了，便學陶淵明「或命巾車，或棹孤舟」，歸隱田園了，「欲駕巾車歸去，有豺狼當轍！」可是，路上有豺狼擋道。想歸去也難！詞就是這樣一氣呵成當官的悔恨，想歸去卻不能的苦悶，這對處於特定境遇中的作者來說，是道出真情實感的流露。

這首詞是作爲「罪人」在那險惡的政治環境下所寫的，表現了作者無畏的抗爭精神和對國事的深切關注，表現了作者忠貞的氣節。

壯志難酬的無奈

賀新郎（九日）

——劉克莊

湛湛長空黑，更那堪、斜風細雨，亂愁如織。老眼平生空四海，賴有高樓百尺，看浩蕩、千崖秋色。白髮書生神州淚，盡淒涼不向牛山滴。追往事，去無跡。

少年自負淩雲筆，到而今春華落盡，滿懷蕭瑟。常恨世人新意少，愛說南朝狂客，把破帽年年拈出。若對黃花孤負酒，怕黃花也笑人岑寂。鴻北去，日西匿。

注　釋

- 九日：農曆九月九日重陽節。
- 湛湛：濃重的樣子。
- 長空黑：形容天空烏雲密佈。
- 空四海：望盡四海。意謂自己一生閱歷豐富。
- 白髮書生：指作者自己。
- 牛山：古山名，在今山東省臨淄縣南。

譯文

天空中陰雲四合，一片昏黑，再加上斜風細雨，令人愁思紛亂如織。一雙老眼已看盡人世滄桑，虧得有高樓百尺，讓我盡睹秋光中的千岩萬壑。想我一介書生今已白髮，仍常為神州淪陷而傷心落淚。雖然是滿目淒涼，也絕不像齊景公那樣在牛山獨自淚下沾衣。

往事如煙，無從尋索。少年時自負有凌雲健筆，到如今才華耗盡，只剩滿懷的蕭瑟。常怨恨世上文人缺少新意，每到重陽，便拈出風吹落帽的南朝狂客。如果面對菊花不痛飲，怕是菊花也會笑我太寂寞。望鴻雁離開北方向南飛去，夕陽西下，漸漸隱身於遠山之側。

背景故事

這首詞爲重陽節登高抒懷之作，抒發的是對國土沉淪的悲痛，其中也隱含了作者壯志難酬的無奈。詞中「破帽年年拈出」一句，說的是歷史上孟嘉落帽的故事。

孟嘉是陽辛人，也是陶淵明的外祖父，少年時代就以才華出眾而遠近聞名。曾經擔任過東晉廬陵從事、征西大將軍長史、從事中郎。他學識淵博，才思敏捷，沈著豁達，行不苟合。西元346年，孟嘉回到故鄉，任陽新縣令，後卒於家。

據相關史料記載：晉朝永和年間，明帝的女婿桓溫任征西大將軍，孟嘉任參軍，頗受桓溫的賞識。有一年重陽節，

桓溫在龍山（今安徽當塗東南）設宴招待文武官員，場面十分隆重，官員們都穿著肅穆的戎裝，大家飲酒賦詩，嘯詠騁懷。突然刮了一陣大風，把孟嘉的官帽吹落了，但是孟嘉本人卻一直沒有察覺，仍然興趣十足地和別人作文酬答、飲酒賦詩。

中國古代是十分講究冠冕禮儀的，子路有「君子死，冠不可免」的名言，所以，在這種正式的場合落帽而沒有發現，實在是有傷體面，爲士吏的大忌。桓溫暗令與會的文學家孫盛趁孟嘉入廁的機會，把帽子放到孟嘉的座位上，並且作文對他進行譏笑。孟嘉回來一看，立即乘興創作進行唱和。由於他知識淵博，文辭俊雅，一語既出，四座皆驚，左右的官員無不嘆服。後人便把這件事變成了一則著名的典故，比喻文人不拘小節，風度瀟灑，縱情詩文娛樂的神態，「笑憐從事落烏紗」的佳話也就成爲登高雅事。又因爲重陽節之後天氣逐漸變寒，因此稱重陽節爲「授衣之節，落帽之辰」。

詩仙李白在回憶起孟嘉落帽的往事時，寫下了《九日龍山飲》一詩：「九日龍山飲，黃花笑逐臣。醉看風落帽，舞愛月留人。」次日，李白意猶未盡，又作《九月十日即事》一詩：「昨日登高罷，今朝又舉觴。菊花何太苦，遭此兩重陽。」李白還在《九日》詩中借用這一典故：「落帽醉山月，空歌懷友生」，辛棄疾的《念奴嬌》詞：「龍山何處？記當年高會，重陽佳節。誰與老兵共一矣？落帽參軍華髮！」

張子容《除夕樂成逢孟浩然》「遠客襄陽郡，來過海岸家。尊開柏葉酒，燈發九枝花。妙曲逢盧女，高才得孟嘉。東山行樂意，非是競豪華。」都是借用了孟嘉落帽的典故。

直到現在，仍然有不少人認爲，重陽節登高飲宴風俗的產生，與孟嘉落帽的故事有著密切的淵源。

劉克莊的這首《賀新郎》也借用了孟嘉的典故來抒發感情，這首詞上片寫景感懷。「湛湛」六句寫詞人登樓遠望的情景，「白髮」四句直抒「老眼」登覽之所感。「神州淚」說明詞人老眼灑淚乃爲神州殘破、沉淪而極度痛苦、傷心。

「少年」三句遙接「老眼平生」，折筆追敘少年時代的豪興與才情。「常恨」三句則寫出詞人老來蕭瑟卻不冷漠，依然情繫神州。「若對」二句寫詞人賞菊飲酒的逸興，以移情方式讚美了菊花高潔孤傲的品格，故怕菊花笑我冷寂，借菊花自振，表現出不辜負菊花的逸興，頗見詞人豪曠之性情。

「鴻北去」二句暗示出詞人賞菊飲酒，目送飛鴻北去，心向故國神州，意餘言外，令人尋味不盡。全詞寫景寓情，敘事感懷，今昔交映，兼融家國之恨，意象淒瑟，既豪放，又深婉，是其抒情詞的代表。

歷史上的東京保衛戰

喜遷鶯（晉師勝淝上）

——李綱

長江千里，限南北，雪浪雲濤無際。天險難踰，人謀克壯，索虜豈能吞噬！阿堅百萬南牧，倏忽長驅吾地。破強敵，在謝公處畫，從容頤指。奇偉！淝水上，八千戈甲，結陣當蛇豕。鞭弭周旋，旌旗麾動，坐卻北軍風靡。夜聞數聲鳴鶴，盡道王師將至。延晉祚，庇烝民，周雅何曾專美。

注釋

- 晉師勝淝上：西元383年，東晉以八萬軍隊在淝水大敗來犯的前秦苻堅率領的百萬步騎，穩固了東晉王朝在長江以南的統治，奠定了南北對峙的局面。淝水，在今安徽壽縣境內。
- 人謀：指大臣的謀略。
- 克壯：戰勝強大的敵人。

- 索虜：當時南人稱北人為索虜。
- 吞噬：吞食。
- 阿堅：指前秦王苻堅。
- 南牧：侵占南方的土地。
- 倏忽：極快的意思。
- 謝公：指東晉宰相謝安。
- 處畫：處置謀劃。
- 頤指：以下巴的動向示意，來指揮人。頤，下巴。常用來形容指揮別人時的傲慢態度。這裡形容謝安指揮戰爭從容不迫。
- 八千戈甲：指晉軍前鋒都督謝玄等將領帶兵八千，爭渡淝水，擊殺前秦兵。
- 蛇豕：蛇和豬，喻貪暴殘虐之人。
- 鞭弭周旋：《左傳・僖公二十三年》：「若不獲命，其左執鞭弭，右屬櫜鞬，以與君周旋。」弭，弓末梢，用骨頭製成，用來助駕車者解開轡結。鞭弭，指駕車前進。周旋，輾轉相從，這裡是交戰、相追逐的意思。
- 麾動：指戰旗招展。
- 卻：擊退。
- 北軍：指前秦軍隊。
- 風靡：望風披靡，順風倒下。指戰敗。
- 鳴鶴：《晉書・謝玄傳》：「（苻）堅眾奔潰，自相蹈

藉，投水死者不可勝計，肥（淝）水為之不流。餘眾棄甲宵遁，聞風聲鶴唳。皆以為王師已至。草行露宿，重以饑凍，死者十七八。」後以「風聲鶴唳」喻自相驚擾。

- 晉祚：晉室的帝位。
- 烝民：眾多的百姓。
- 周雅：指周宣王命大臣南仲皇父討平叛亂，助周室中興。這句以周宣王中興的事蹟，媲美謝安的歷史功績。

譯文

滾滾長江一洩千里，似天塹阻斷南北兩地，雪浪雲濤，一望無際。這天險難以逾越，大臣的謀略也足以攻克強敵，那北方的索虜豈能把江南吞噬！苻堅率百萬前秦軍南下，轉瞬間長驅直入我境地。擊破這強虜，在於謝安的處置謀劃，他從容不迫地指揮這場戰爭取得勝利。

這真是戰爭史上的奇蹟！在淝水岸邊，謝玄率領八千精甲，列成陣勢，抵擋了百萬虎狼之敵。揮鞭駕車，追逐頑敵，揮動旌旗，談笑之間，北軍望風披靡。前秦軍夜裡聽到幾聲鶴叫，以為是東晉王師追到，自相驚擾不已。這勝利延長了晉室的帝祚，庇護了江南百姓，周宣王中興不能專享美名盛譽，這淝水之戰的勝利可以同它相比。

李綱（西元1083～1140年），字伯紀，邵武（今屬福建）人。政和二年進士。曆仕徽、欽、高三朝，官至右丞相。因力主抗金，多次遭受迫害，後抑鬱而死。存詞五十餘首，其詠史詞形象鮮明生動，風格沉雄勁健。

1125年12月，金軍分兩路大舉攻宋，東路入燕山府，隨即南下，西路圍太原府。

1126年初，由完顏宗望率領的東路軍渡過了黃河，長驅直入，進逼北宋的都城東京（今河南開封）。宋徽宗禪位給太子趙桓（宋欽宗），自稱太上皇，並帶著兩萬親兵到南方避難。面對金兵燒搶掠殺，北宋朝廷內部分裂成主戰與投降兩派。投降派主張割地求和；主戰派要求堅守東京。

最初，欽宗先後任命李綱爲兵部侍郎、尙書右丞、東京留守、親征行營使等，全面負責首都開封的防務。李綱積極組織軍民備戰，修樓櫓，掛氈幕，安炮座，設弩床，運磚石，施燎炬，垂檑木，備火油，準備了足夠的防守器械。同時在城的四方的每方配備正規軍十二萬餘人，還有輔助部隊，保甲民兵協助。組織步軍四萬人，分爲前、後、左、右、中五軍，每天進行操練。各地勤王之師紛紛趕來救援首都，李綱親自督戰，幾次打敗攻城的金軍。河北、山東義軍也奮起抗金，形勢對孤軍深入的金軍十分不利，死傷又多，金軍被迫撤退。軍民共同保衛了開封城。

金兵北退之後，投降派又得勢，李綱被迫離開開封，各路勤王之師和民兵組織被遣散，防務空虛。半年之後，即1126年秋天，金軍又分東西兩路南侵。西路軍攻破太原，乘勝渡河；東路軍攻陷真定。兩路金軍圍攻開封，閏11月25日，開封城破。

金軍占領開封達四個月，大肆擄掠後於1127年4月撤兵北去，帶走包括徽、欽二帝在內的全部俘虜和財物，北宋至此滅亡，這就是宋代歷史上所謂的「靖康之難」。

高興亭上抒豪情

秋波媚（七月十六日晚登高興亭望長安南山）

——陸游

秋到邊城角聲哀，烽火照高臺。悲歌擊筑，憑高酹酒，此興悠哉！

多情誰似南山月，特地暮雲開。灞橋煙柳，曲江池館，應待人來。

- 南山：即終南山，橫亙於陝西南部，主峰在今西安南。
- 邊城：指南鄭。當時南鄭處於南宋抗金前線。
- 筑：古代的一種絃樂器，以竹尺擊弦發音。
- 酹酒：將酒灑在地上祭奠。
- 悠哉：興致高昂狀。
- 灞橋：即霸橋，在長安城東灞水上，橋旁多垂柳。古人多於此處折柳送別。
- 曲江：池名，在長安東城，唐代著名遊宴盛地。

秋天的邊城號角哀鳴，高臺上平安烽火升入天空。擊筑放聲悲歌，登高盡情酹酒，痛快又盡興。南山的月亮最多情，撥開雲朵露面容。灞橋如煙的楊柳，曲江池的樓閣亭台，也正期待著貴賓的到來。

背景故事

宋孝宗乾道八年，陸游來到了南鄭。轉眼，春去夏逝，秋來了。七月十六日的夜晚，異常皎潔的月色，陸游與同僚們健步登上南鄭城內西北角的高興亭。

想想自己從二十歲抱著「上馬擊狂胡，下馬草軍書」的壯志投軍報國，到如今當自己四十八歲時才如願以償，終於身臨抗金前線南部。歡快的心情真難以用語言表達，以前的一切不快、一切頹唐，一下子都化爲奮發了。

此亭遙對長安城南的南山。長安，這中原名城，此時已是敵人的西北軍事重鎮。淪陷了的長安城裏的愛國人民，經常冒著生命危險，爲宋軍送來情報。有時還將洛陽的春筍和黃河的鯉魚帶過來，以表達他們不忘故國之情。

在這與敵人咫尺相隔的地方，面對著喝得酒酣耳熱的幕府同僚們，和彈著瑟琶、奏著羯鼓的紅袖青衫的歌女們，陸游禁不住豪情奔湧，即席揮毫，頃刻而就，寫下了一首《秋波媚》詞。

自許封侯在萬里

夜遊宮・記夢，寄師伯渾

——陸游

雪曉清笳亂起，夢遊處、不知何地。鐵騎無聲望似水。想關河，雁門西，青海際。

睡覺寒燈裏，漏聲斷、月斜窗紙。自許封侯在萬里。有誰知，鬢雖殘，心未死。

- 清笳：淒清的胡笳聲。
- 鐵騎：指騎兵。
- 關河：關塞與河防。
- 雁門：雁門關，在山西代縣。
- 青海：青海湖，在青海省東北部。
- 睡覺：睡醒。

譯文

茫茫雪原，清笳聲聲，鐵騎如流水無聲。夢遊處，不知是什麼地方，似乎是北國邊陲。這樣的關河，必然是雁門、青海一帶了。而今這關河卻落在異族手裏。夢醒後，寒燈熒熒，斜月在窗，漏滴聲斷，周圍一片死寂。當年自許封侯萬里之外的願望，如今人雖老而心不死。但是，這樣的雄心壯志有誰能知道呢？

背景故事

宋孝宗時期，陸游在嘉州做過一任代理知州。在赴任途中路過眉山時，結識了一位被他稱爲「天下偉人」的名士師伯渾，這是位具有愛國主義思想的人。陸游曾多次與其他朋友談起師伯渾，四川宣撫使王炎想引薦師伯渾做官，但卻遭到朝廷中主和派人士的極力反對，由此可見師伯渾的思想與爲人。

這首《夜遊宮》詞，就是陸游以「記夢」爲名寄給師伯渾的。

陸游與師伯渾在眉山相遇一見如故。當陸游到了嘉州以後，師伯渾便趕到那裏去拜訪陸游。在嘉州，師伯渾一住就是十餘天。在這短短的十幾天裏，他們或登山賞秋葉，或書齋談詩詞，或把酒縱論天下。但他們談論最多的，還是對中原失地的收復，對國家前途的憂慮。

此時正是深秋季節，他們想到中原有些地方怕是要飄起雪花了，那裏的人們在金兵的鐵蹄下一定是度日如年。他們白天談，夜裏論，以至於夜裏睡在床上，便有夢襲來。

也就是在這期間，陸游曾寫下一首《九月十六日，夜夢駐軍河外，遣使招降諸城，覺而有作》的詩，他在詩中寫道：「腥臊窟穴一洗空，太行北嶽原無恙。更呼斗酒作長歌，要遣天山健兒唱。」

但他們只是做了一個收復中原失地的美夢。

十幾天後，師伯渾動身回眉山去了。可是，這段與師伯渾的交往卻深深地留在了陸游的心中，久久難以忘懷。什麼時候能再次聚首，開懷暢飲，共敘情懷呢？

於是，在思念之際，他又把自己的夢寄與朋友：

大雪的早晨，原野上一片嘈雜的軍號聲。一支威武的騎兵正列隊待命，陣上一片肅穆，人馬悄然無聲，這支軍隊正為收復失地而準備去與金兵拼殺。

但從美麗的夢中醒來，一盞搖晃不定的殘燈，慘澹的月光映在窗紙上。側耳一聽，計時的漏壺也停止了活動，自己是躺在寧靜得令人發慌的山城之中。

「自許封侯在萬里……」，自己空有一顆報國之心，本打算收復失地、趕走金兵，不辭辛苦地來到漢中前線，誰料卻被逼著從前線撤退下來，跑到四川山城做一個閑官。自己現在雖然已是五十歲的人了，但這顆重返前線殺敵的雄心，還沒有死去呢，也許只有夢魂才能知道了。

這首詞開頭三句，「雪曉清笳亂起」是所聞，「鐵騎無聲望似水」是所見。中間插入「夢遊處、不知何地」一句，點出是夢中。「鐵騎無聲望似水」七個字，寫出了軍容的整齊嚴肅，看去好像一條無聲的河流，形象性很強。下面「想關河，雁門西，青海際。」是回答上面的「夢遊處、不知何地」句，是猜想之辭，也是寫夢境。這幾句透過景語，點出他自己念念不忘沙場殺敵的雄心壯志。下片是寫夢醒後失望的感情。所寫的景象與上片恰成為相反的映襯。「寒燈」、「漏聲」和「月斜牕紙」，都是襯托失望和悵惘。「自許封侯在萬里」一句，語氣振起，而接下來是「鬢雖殘，心未死」兩句。中間插入「有誰知」三個字，也是頓挫作勢，使末二語，人雖然老了，而殺敵雄心依然未死，更顯鬱鬱不平。

追憶往事篇

人至中年或暮年時回首前
段人生總會有許多感悟
和感慨，有對以前生活的
回味，還有對世事的追憶，
這種感受在文人的筆下便以
文字的形式流傳了下來。
透過閱讀這些作品，可以在
文字中追憶似水年華，於筆端下
體會人生，讓我們閱讀宋詞，閱讀那些
古人們心之所想、所悟、所感、所聽……

少年不識愁滋味

醜奴兒（書博山道中壁） ——辛棄疾

少年不識愁滋味，愛上層樓；
愛上層樓，為賦新詞強說愁。
而今識盡愁滋味，欲說還休；
欲說還休，卻道天涼好個秋。

- 博山：地名。在今江西廣豐縣西南，「南臨溪流，遠望如廬山之香爐峰」。道中壁：途中某處的牆壁。
- 少年：指青壯年時期。
- 不識：不懂，不知何者是。
- 層樓：高樓。
- 「為賦」句：為了作詞而無病呻吟（沒有愁而說愁）。強，勉強。
- 識盡：嘗夠，深知。
- 欲說還休：想說又不說。
- 「卻道」句：卻說「好個涼爽的秋天」。

少年的時候，不知什麼是愁的滋味，總喜歡登上高樓，像一般文人一樣，為了作一首新詞，沒有愁也勉強自己進入一片悲愁的氣氛中。如今，年紀大了，歷經世事，把愁滋味嚐遍，照理說，現在我應當可以痛快的傾訴一下心中的愁緒，但奇怪的是，我反而不知如何說出口了。只好淡淡的說：「啊！天氣涼了，真是好個秋天！」

背景故事

辛棄疾，字幼安，號稼軒，曆城（今屬山東省濟南市）人。當他懂事以後，祖國的北方一大片領土已經為金人所占領，從那時起他就飽嘗了亡國的滋味，決意到南方來，投奔宋朝。就在他萌生此意後不久，金主完顏亮死了，此事引起了金朝內部的傾軋，一段時間內，金朝對北方的統治有些鬆動。這就給北方的豪傑壯士，提供了奮起抗金的機會。

後來，辛棄疾來到南方，一生中也做過幾任朝廷命官，如「建康府通判」、「湖北安撫使」等。但是，由於投降派的排擠打擊，他最終還是被免職，賦閒在江西上饒、鉛山一帶達二十年之久，壯志消磨，他的悲憤心情是可以想見的。

不過，辛棄疾雖然未能在疆場上為國家、為民族建功立業，但是，他的詩詞卻獨樹一幟，在中國文學史上占有光輝的一頁。

辛棄疾的詞繼承了北宋蘇軾的壯闊雄渾之風，後人把他和蘇軾並稱爲「蘇辛」。他的詞悲壯激烈，洋溢著濃厚、熱烈的愛國主義精神，開了南宋以後的一代詞風。辛棄疾南歸以後，正如孤雁回群，認祖歸宗，心情是十分興奮的。他渴望得到朝廷的重用，爲國家民族盡忠盡力，也實現自己的抱負理想。於是，他一連寫了好幾道上書，籌畫國家大計，如《九議》、《應問》、《美芹十論》等，可是，都沒有引起南宋統治者的重視。

他的詞最爲後人傳誦的，大都是這樣慷慨激昂之作。其詞取材豐富，他又是遣詞造句的高手，作詞猶如神助，很多詞章中都有可圈可點、膾炙人口的警句，有的已經成了今天的典故和成語，如：「驀然回首，那人卻在燈火闌珊處。」「了卻君王天下事，贏得生前身後名，可憐白髮生！」「卻將萬字平戎策，換得東家種樹書。」「春在溪頭薺菜花。」「憑誰問：廉頗老矣，尚能飯否？」「天下英雄誰敵手，生子當如孫仲謀！」等等。

辛棄疾六十四歲的時候，朝廷又啓用了他，讓他擔任浙東安撫使，不久，又調任鎮江知府。辛棄疾的愛國熱情再一次高漲起來，他積極籌備北伐，備嘗辛苦。可是，統治者卻將他彈劾了！他回到鉛山家中，忿恨而死。而辛棄疾的這首小詞正是透過「少年」、「而今」，無愁、有愁的對比，表現了詞人受人排擠、報國無門的痛苦，有力地諷刺和鞭撻了南宋統治集團。

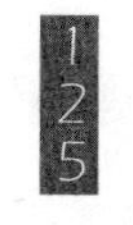

醉心於山水的仲殊和尚

南柯子

——仲殊

十里青山遠，潮平路帶沙。數聲啼鳥怨年華，

又是淒涼時候在天涯。

白露收殘月，清風散曉霞。綠楊堤畔問荷花，

記得年時沽酒那人家。

注釋

- 潮平：潮漲。
- 怨年華：此指鳥兒哀歎年華易逝。
- 淒涼時候：指天各一方的分離時日。
- 白露：露水。
- 散：送。
- 年時沽酒：去年買酒。
- 人家：「家」是語尾詞，加強語氣。作者這裡用「人家」指自己。

譯　文

走在江邊潮濕帶泥沙的路上，向那遠在十里外的青山叢林去找尋寺廟。途中聽到鳥叫聲油然生起年華虛度的悵恨，這種飄泊生涯為時已經不短了。白露冷冷，清風拂拂，殘月方收，朝霞徐斂，繼續行走在沒有歸宿的路上，走在河堤上發現這是故地重遊便欣然向荷花發出問話：「你還記得年前到此買酒喝的那個人嗎？」

背景故事

仲殊和尚俗姓張，名揮，字師利，江蘇人。此人與蘇軾交往密切。由於頗有文才，張揮受到推薦去參加進士考試，誰知一回家居然撞見他妻子跟人私通，他當下極爲氣憤。只因是家醜，他沒有聲張。誰知心腸歹毒的妻子竟在給他吃的食物裡暗暗地添加了有毒之物，想要緩緩地把他殺害。

後來，投毒事件終於敗露。逃過了這生死劫難的張揮，頓時看破了世事的虛僞和醜陋，一氣之下就出家爲僧，並改取法名爲仲殊了。

仲殊和尚愛吃蜜，不吃肉，因爲佛規不許吃肉，還因爲城裡的郎中說了，一旦吃肉便會使自己體內的毒藥發作。但他喜歡喝酒，這種佛家的清規戒律，有時對他是不管用的。儘管「蜜殊」現在是一名可以雲遊四海的僧人，但他畢竟跟一般的和尚不同，塵世間的喜怒哀樂難以從他的視線裡退

出。事實上，他原本就是因難以完全看開那些卑污的事情才去做的和尚，所以，人世間的許多紛繁情事也就會時不時地湧上他的心頭。

在一個夏日，仲殊和尚孤獨地走在江岸上，腳下潮水漲平了沙路。遠遠的是一抹青山，不遠處偶爾有鳥啼聲傳來。此時，殘月西墜，白露濕衣，拂曉的涼風輕輕地撩開東邊天上的朝霞。

他忽然想到那些難以忘懷的往事，於是，他便抑揚頓挫地吟起一首叫《南柯子》的詞來。

這首詞是寫詞人在夏日旅途中的一段感受，反映出他眷戀塵世、往事的複雜心境。上片寫作者雲遊四方，在江邊孤身行走，自感寂寞，慨歎年華虛度。下片寫詞人在荷池旁邊喚起了對往事的回憶。這首詞即景生情、寓情於景。

開篇兩句寫出了一幅山水映帶的風景畫面，這畫面隱襯出畫中人孤身行旅中的寂寞感。下面他驟然發出「數聲啼鳥怨年華」的慨歎，這何嘗是啼鳥怨年華，而是他自己行客途中聽到鳥叫聲，油然生起對年華虛度的悵恨。

下片進一步以「殘月」、「曉霞」點明這是一個夏天的早晨，作者繼續行走在沒有歸宿的路上，他一面欣賞著這清爽夏天早晨的旅途美景，一面也咀嚼著自己長期以來萍蹤無定的生活滋味。行行覆行行，不覺來到一處綠楊堤岸的荷池旁邊，池中正開滿荷花。一個人浪跡天涯，當此孤寂無聊境地，美麗的荷花一下竟成了難得的晤談對象。

「綠楊堤畔問荷花」，「問荷花」，顯示出了詞人情操越俗的品格，暗示出只有出淤泥而不染的荷花才配做自己的知己。亭亭玉立的荷花以它天然的風韻喚起了他的美好記憶，使他恍然意識到這裡是舊地重遊。他清楚地記得那次來時，爲了解除行旅的勞倦，曾向這裡的一家酒店買過酒喝，乘醉觀賞過堤畔的荷花。這一切都因眼下荷花的啓發而記憶猶新。於是最後他欣然向荷花發出問話：「記得年時沽酒那人家？」「家」在此用作語尾詞，是對「那人」的加強語氣。

於此情景相生的妙筆中可以見出僧人的性格、風趣，和他那瀟灑自得的飄灑文筆。

 陰陽相知的思念

江城子（乙卯正月二十日夜記夢）蘇軾

十年生死兩茫茫，不思量，自難忘。千里孤墳，無處話淒涼。縱使相逢應不識，塵滿面，鬢如霜。夜來幽夢忽還鄉，小軒窗，正梳妝。相顧無言，惟有淚千行。料得年年腸斷處，明月夜，短松岡。

注　釋

- 乙卯：宋神宗熙寧八年（1075年）。蘇軾此時四十歲，在密州知州任上。
- 十年生死：作者的妻子病逝已經十年。
- 兩茫茫：兩地茫茫，意思是說一個在人間，一個在黃泉。
- 千里孤墳：蘇軾妻子的墳在老家眉山，與密州相隔數千里之遙。
- 「塵滿面」二句是說這十年之中，自己奔波勞碌，已經是風塵滿面，兩鬢斑白，即使與亡妻相見，恐怕她也認不出自己了。

- 短松岡：長滿小松的山岡。此處指作者妻子的墳墓。

譯　文

與你永訣已經整整十年了，你我二人陰陽相隔，音訊茫茫。即使是不去思念，你那音容笑貌我怎能遺忘。如今你靜臥在千里之外的孤墳，又能對誰訴說你的淒涼。

現在如果你我相遇，你也會認不出我來，因為今天的我已經是風塵滿面，兩鬢斑白。夜裡做夢，竟夢見回到了故鄉，見到你斜對軒窗精心地梳妝打扮。你我兩人默默相視，卻又說不出話，只有那淚水撲簌簌往下流淌。我知道從今而後最讓我傷心的地方，就是那冷月當空的青松山岡。

背景故事

蘇軾是北宋大文學家、書畫家。字子瞻，號東坡居士，眉山（今屬四川）人。蘇洵之子。嘉祐進士。因反對王安石變法，以作詩「謗訕朝廷」罪貶謫黃州。哲宗時，任翰林學士，曾出知杭州、潁州，官至禮部尚書。後又貶謫惠州、儋州，卒後追謚文忠。蘇軾學識淵博，喜獎掖後進。在政治上屬於舊黨，但也有改革弊政的要求。其文明白暢達，爲「唐宋八大家」之一。其詩清新豪放，善用誇張比喻，在藝術表現方面獨具風格。其詩能反映民間疾苦，指責統治者的奢侈放縱。詞開豪放一派，對後代很有影響。

九百多年前的一個夜晚，也就是西元1075年1月20日這

一夜，蘇東坡正做著一個溫馨的夢，夢中的他就要回到闊別已久的家中，見到日思夜念的親人。這是他長久以來的企盼啊！仕途坎坷，身不由己，使他常年漂泊在外，難得與親人一聚。他曾經多少次夢中回到故鄉，與心愛的她執手相望，百感交集，醒來後卻是一場空。這一次應該是真的了吧？妻子仍舊那樣嫻靜地坐在窗前，整理她那如雲的鬢髮。在兩人目光相觸的一剎那，幸福而辛酸的淚水不禁奪眶而出，激動又複雜的心情再也難以用任何語言表達。但蘇東坡萬萬沒有想到的是，這一次他竟然又被無情的夢給欺騙了。

夜半醒來，輾轉難眠，思潮翻湧，感慨萬千。算來妻子已經離開人世整整十年了，這十年來，他一時一刻都不曾忘記過她，那種明知再也不能相見卻又忍不住去幻想的心情一直伴隨著他。有時蘇東坡也想，即使真有重逢的機會，妻子還能認出十年後滿臉滄桑的自己嗎？世事無常，仕途艱險，歲月無情，青春不再啊！但縱然如此，蘇東坡依舊堅信，千里之外另一個世界中的妻子，一定也會像自己一樣，日日夜夜爲相愛之人的生死阻隔而肝腸寸斷。

夢中的蘇東坡無比幸福，醒來的蘇東坡卻無限淒涼。但無論如何，蘇東坡與妻子的愛情堅定執著，因爲蘇東坡愛他的妻子，更明白妻子對他的愛，儘管已是人鬼相隔，但這種愛足以支撐他自信頑強地走在人生路上。

妻子離開蘇東坡已整整十年，十年來世事變幻、容顏更改，但不變的是那永永遠遠、絲絲縷縷的牽念。縱然是生死

相隔，縱然是面目全非，縱然是深埋土中，舊日情懷卻依然。年復一年，「短松岡」上，「妻子」無奈的歎息將永遠與明月相伴；年復一年，明月之下，也總會有東坡悠長的思念，穿山越嶺，直抵千里之外的那片松林。對於蘇東坡來說，其心中的沉痛，是不言而喻的。

開頭三句，排空而下，真情之語，感人至深。恩愛夫妻，撒手永訣，時間倏忽，轉瞬十年。人雖已亡，而過去美好的情景「自難忘懷」！而今想起，更覺天人永隔，倍感痛楚。妻子逝世後這十年間，蘇東坡因反對王安石的新法，在政治上受到打壓，心境是悲憤的；到密州後，又逢凶年，忙於處理政務，生活上困苦已極。適逢亡妻十年忌辰，正是觸動心弦的日子，往事驀然來到心間，久蓄心懷的情感潛流，忽如閘門大開，奔騰澎湃而不可遏制。

想到愛侶的死，感慨萬千，遠隔千里，無處可以話淒涼，話說得極爲沉痛。作者孤獨寂寞、淒涼無助而又急於向人訴說的情感令人格外感動。接著，「縱使相逢應不識，塵滿面，鬢如霜。」又把現實與夢幻混同了起來，把死別後個人的種種憂憤，包括容顏的蒼老，形體的衰敝，這時他還不到四十歲，已經「鬢如霜」了。明明她辭別人世已經十年，卻要「縱使相逢」，這是一種絕望的假設，深沉、悲痛，而又無奈，表現了作者對愛侶的深切懷念，也把個人的變化做了具體的描繪，使這首詞的意境更加深了一層。詞的下片才真正進入「夢境」。作者在夢中回到了故鄉。在那裡，與自己的愛侶相聚、重逢。這裡作者描繪了一個樸實、感人而又美好的場景——「小軒窗，正梳妝」。作者以這樣一個常見而難忘的場景表達了愛侶在自己心目中的永恆印象。

但蘇東坡筆力的奇絕之處還在下邊兩句——「相顧無言，唯有淚千行」！妙絕千古。正唯無言，方顯沉痛。正唯無言，才勝過了萬語千言。正唯無言，才使這個夢境令人感到無限淒涼。「此時無聲勝有聲」。無聲之勝，全在於此。結尾三句，又從夢境落回到現實上來。設想死者的痛苦，以寓自己的悼念之情。特別是「明月夜，短松岡」二句，淒清幽獨，黯然魂銷。蘇東坡此詞最後這三句，意深，痛巨，餘音嫋嫋，讓人回味無窮。

寂寞沙洲冷

卜運算元（黃州定惠院寓居作）——蘇軾

缺月掛疏桐，漏斷人初靜。誰見幽人獨往來？縹渺孤鴻影。驚起卻回頭，有恨無人省。揀盡寒枝不肯棲，寂寞沙洲冷。

注釋

- 黃州：宋代州名，在今湖北省黃岡縣。
- 定惠院：故址在今黃岡縣東南。蘇軾被貶為黃州團練副使時，曾經在此寺寄居。
- 漏斷：夜漏中的滴水漸少，聲音漸輕。指夜深時分。
- 幽人：原指幽囚的人。蘇軾被謫居黃州，如同囚犯，故以幽人自喻。
- 省：理解、瞭解。

彎彎的月亮掛在梧桐樹稀疏的枝條上，夜色已深，州人

早已安然入夢。有誰能見到我這個謫官獨來獨往，彷彿是一隻縹渺的孤鴻。

這受驚的鴻雁回過頭來，卻無人能夠理解它內心的傷痛。圍繞著寒枝不肯棲息，寧可獨宿在冰冷的沙洲之中。

北宋哲宗時期，蘇軾再次被貶，在惠州白鶴峰搭了幾間草屋，暫時居住下來。白天，他在草屋旁開荒種田；晚上，在油燈下讀書或吟詩作詞。蘇軾的一生幾乎都處於主張變法的新黨與反對變法的舊黨鬥爭的夾縫之中，由於他爲人剛正不阿，直言敢諫，所以一再遭貶。哲宗元八年（1093年），所謂的新黨上台，他們把蘇軾當作舊黨來迫害，一貶再貶，最後貶爲建昌軍司馬惠州安置。蘇軾感到北歸無望，便在白鶴峰買地數畝，蓋了幾間草屋，暫時安頓下來。

令人不解的是，每當夜幕降臨的時候，便有一位妙齡女郎偷偷來到蘇軾窗前，偷聽他吟詩作賦，一直到深夜都還不肯離去。露水打濕她的鞋襪，而她卻渾然不覺，還在全神貫注地聽著，聽到高興的時候她會情不自禁地跟著小聲吟讀。這位每天都來聽詩的女子很快就被主人發現了。一天晚上，當這位少女偷偷來到之時，蘇軾輕輕推開窗戶，想和她談談，問個究竟。誰知，窗子一開，那位少女像一隻受到驚嚇的小兔子般，撒腿便跑，她靈活地跳過矮矮的院牆，消失在夜幕之中。

白鶴峰一帶人煙稀少，沒有幾戶人家，過沒多久蘇軾便搞清了事情的原委。原來，在離蘇軾家不遠的地方，住著一位溫都監。他有一個女兒，名叫超超，年方二八，生得清雅俊秀，知書達禮，尤其喜愛閱讀東坡學士的詩詞歌賦，常常手不釋卷地讀，蘇軾的《赤壁詞》、前後《赤壁賦》等作品她都背得滾瓜爛熟。她對東坡作品的喜好達到了入迷的程度，每晚要是不閱讀蘇學士的詩詞，她就不能入睡。她經常對人說：「要找如意郎君，就要找像蘇學士這樣的人。」她打定主意，非蘇學士這樣的才子不嫁。因此，雖然早已經過了十五歲，可是還沒有嫁人。

自從蘇軾被貶到惠州之後，她一直想尋找機會與蘇學士見面，怎奈自己與蘇軾從未謀面。蘇軾雖然遭貶，畢竟還是朝廷臣子，而自己只是一個小小都監的女兒，怎能隨便與人家見面呢？況且男女有別，人言可畏，她更不敢與蘇軾會面了。因此只好每天晚上，不顧風冷霜寒，站在泥地上聽蘇學士吟詩，在她看來這也是一種很大的享受。

蘇軾瞭解實情之後十分感動，他暗想，我蘇軾何德何能，讓才女迷戀到這種程度。他打定主意，要成全這位才貌雙全的都監之女。蘇軾認識一位姓王的讀書人，生得風流倜儻，飽讀詩書，抱負不凡。蘇軾便找機會對溫都監說：「我做個媒讓你的女兒和王書生結合，了結你女兒的一個心願。」溫都監父女都非常高興。從此，溫超超便閉門讀書，或者做做針線活，靜候佳音。

誰知，禍從天降。當權者對蘇軾的迫害並沒有終止。正當蘇軾一家人在惠州初步安頓下來之時，哲宗又下聖旨，再貶蘇軾爲瓊州別駕昌化軍安置。瓊州遠在海南，是一塊荒僻的不毛之地。衙役們不容蘇軾做什麼準備，緊急地催他上路，蘇軾只好把家屬留在惠州，自己帶著幼子蘇過動身前往瓊州。全家人送他到江邊，揮淚告別。蘇軾想到自己這一去生還的機會極小，也不禁悲傷起來。他走得如此急促，他的心情又是如此的惡劣，哪裡還顧得上王郎與溫超超的婚事呢？

蘇軾突然被貶海南，對溫超超無疑也是晴天霹靂。她覺得自己不僅錯失一門好姻緣，還永遠失去了與她崇敬的蘇學士往來的機會。從此她變得癡癡呆呆，少言寡語。常常一人跑到蘇學士在白鶴峰的舊屋前一站就是半天。漸漸她連飯都吃不下了，終於一病不起。臨終前，她還讓家人去白鶴峰看看蘇學士回來沒有。她帶著滿腔的癡情，帶著滿腹的才學和無限的遺憾離開了這個世界。家人遵照她的遺囑，把她安葬在白鶴峰前一個沙丘旁，墳頭向著海南方向，她希望即使自己死了，魂靈也能看到蘇學士從海南歸來。

後來，徽宗繼位，大赦天下，蘇軾才重新回到內地。蘇軾再回惠州時，溫超超的墳墓已經長滿了野草。站在墓前，蘇軾感到很傷心，他恨自己未能滿足超超的心願，如今，他已無法安慰這個癡情的才女，帶著一種愧疚感，吟出一首《卜運算元》詞來：這首詞上闋首先營造了一個幽獨孤淒的環境，殘缺之月，疏落孤桐，滴漏斷盡，一系列寒冷淒清的意象，構成了一副蕭疏、淒冷的寒秋夜景，為幽人、孤鴻的出場作鋪墊。這一冷色調的描寫，其實是詞人內心孤獨寂寞的反映。「誰見」兩句，用一個問句將孤獨寂寞的心明確地表達了出來。

下闋承前而專寫孤鴻。描寫了被驚起後的孤鴻不斷回頭和揀盡寒枝不肯棲身的一系列動作。其實，這也是當時詞人內心世界的真實寫照。蘇軾因烏台詩案幾乎瀕臨死地，曾在獄中做了必死的打算，此時出獄，而驚懼猶存;異鄉漂泊，奇志難伸，只令人黯然神傷，百感交集。「有恨無人省」是詞人對孤鴻的理解，更是孤鴻的回頭牽動了自己內心的諸多隱痛憂思。

「揀盡寒枝」是對孤鴻行動的描寫，更是對自己高尚人格的寫照，並暗示出當時的淒涼處境。蘇軾為人正直有操守，為官堅持自己的政治立場，故新舊兩黨均將之排斥為異己，蘇軾卻並不願意放棄自己的立場。這正是「揀盡寒枝不肯棲」的孤鴻：即使無枝可依，也仍然有自己的操守。本詞明寫孤鴻，而暗喻自己，此詞詠孤鴻，寄託自己的情思。特點是人和鴻兩個形象融為一體。上闋寫靜夜鴻影、人影兩個意象融合在同一時空，暗示作者以鴻詠人的匠心。

下闋寫孤鴻飄零失所，驚魂未定，卻仍擇地而棲，不肯與世俗同流合污。主要寫孤鴻心有餘悸的淒慘景況和堅持操守的崇高氣節。透過「孤鴻」的形象，就更容易看到詞人誠惶誠恐的心境以及他充滿自信、剛直不阿的個性。

 好事難圓的憂傷

青玉案

——賀鑄

凌波不過橫塘路，但目送、芳塵去。錦瑟華年誰與度？月橋花院，瑣窗朱戶，只有春知處。飛雲冉冉蘅皋暮，彩筆新題斷腸句。試問閒愁都幾許？一川煙草，滿城風絮，梅子黃時雨。

- 凌波：形容女子走路時的輕盈步態。
- 橫塘：古地名，在今江蘇省蘇州市西南。賀鑄不再做官後定居於此。
- 「但目送」句：意謂那位步態輕盈的女子只是路過橫塘，只能眼看她經此遠去。
- 錦瑟華年：美好的年華。
- 「月橋花院」三句：意思是說，那女子生活的地方究竟在哪裡，只有春天知道。月橋、花院、瑣窗、朱戶，都是作者的猜測之詞。

- 蘅皋：生長香草的沼澤地。
- 彩筆：傳説中的五色筆，彩筆寫出的當然是佳篇妙句。這是作者自負的説法。
- 都幾許：總共有多少。
- 「一川煙草」三句：意謂如果問我有多少閒情愁緒，那是數不清的，正如同滿地的芳草，滿城的柳絮，還有滿天的黃梅細雨。

譯文

你那仙女般的凌波微步竟沒有踏上來我橫塘的小路，我只能凝神而望，目送你的芳姿飄然而去。你這錦繡年華與誰共度？是在月橋旁、花院裡？有沒有雕鏤的窗櫺和朱漆的門戶？只有春風才知道你的住處。

白雲飄浮，長滿杜蘅芳草的池沼邊，我已經待到了日暮。我自有江淹的彩筆，禁不住要題寫令人斷腸的詩句。若問我的愁思有幾何，那就如同那無際的芳草，滿城的柳絮，和那梅子黃時連綿不斷的細雨。

背景故事

暮春時節，江南梅子開始變黃，小雨已下了幾天了，池塘裡青蛙那響亮的叫聲此起彼伏。在蘇州盤門之南十餘里的橫塘一帶，風光秀美的小河近岸處則長滿了茂盛的水草，與岸邊萋萋的青草及柳樹連成一片，構成一片綠肥紅瘦的初夏

景象。塘裡仍有一些小船在穿梭往來。

一座拱形的小橋將橫塘南北兩岸連接起來，北岸臨水的地方有一座別緻的小屋，古香古色。主人正站在樓前向拱橋南岸望去。他似乎在等待著什麼人，然而這個人卻始終沒有出現，任憑雨水沾濕了他的衣衫，他還是在樓前向遠處凝望。

這個人便是已告老離職的朝奉郎、有名的詞人賀鑄。他離職後定居在蘇州，平時以寫詞校書爲樂。十幾天前，他正在橫塘的拱橋上散步，突然由南岸走來一位少女，她的臉上沒有施什麼脂粉，穿著家常的衣裙，但卻有一種攝人心魄之美，讓人無法言表。

她沒有大家閨秀的趾高氣揚，也沒有村姑農婦的潑辣粗俗，更沒有青樓女子的妖艷，那種天然的風韻，使人一見難忘。

只見她嫋嫋婷婷地從拱橋南岸向東走去，卻沒有過橫塘這邊來。這時賀鑄也由拱橋北岸走到南岸，就在與賀鑄擦肩而過的時候，她似乎不經意地瞥了他一眼，使賀鑄感到那眼睛像月光一樣明淨，又像潭水一樣深沉。

詞人目送著她的背影，很久很久。只見她輕輕地移動腳步，漸漸消失在南岸的楊柳叢中了。她是什麼人？她的家住在哪兒？她外出是爲了做什麼事呢？沒有人知道。

從此以後，無論是颳風還是下雨，多情的詞人便在門口向拱橋的對岸望去，希望這位少女能夠重新出現。然而十幾天過去了，奇蹟終究沒有出現，詞人的心冷了，但那位少女的芳容卻已深深地刻在他的心裡。

如今在這霏霏梅雨之中，詞人心中想著這位少女的倩影，默默地吟誦出這首《青玉案》詞來。

爲了紀念與這位不知名少女的相遇，他將自己的居室命名爲「企鴻軒」。三國時大詩人曹植用「翩若驚鴻」來比喻洛水之神的美，現在詞人暗用這個典故，因爲他從心底企盼，這個少女能夠像驚鴻一樣再度出現。

少女雖然再也沒有出現，但詞人的這首《青玉案》卻迅速流傳開來，許多讀書人也都紛紛稱讚這首詞，從此人們便稱賀鑄爲「賀梅子」了。

這首詞抒寫了因理想不能實現而鬱鬱不得志的「閒愁」。上片寫相戀和懷念，下片開頭兩句寫昏暮景色，暗示出多情的主人翁等待盼望那位「凌波」仙子直到黃昏，仍不見蹤影，或「閒愁」太多。寫「美人」可望而不可及，以此喻指理想不能實現，形象生動。

下片的「飛雲」句喻指時光流逝之迅速，末尾連用三個比喻來表現「閒愁」之多、亂、纏綿不斷，十分生動，作者也因此獲得了「賀梅子」的雅號。

詞中他把抽象的閒情化爲可感可知的「一川煙草，滿城風絮，梅子黃時雨」，不僅形象、真切地表現出詞人失意、迷茫、淒苦的內心世界，同時也生動、準確地展現了江南暮春時煙雨迷蒙的情景，深得當時人們的讚賞。

結尾處「一川煙草，滿城飛絮，梅子黃時雨」，以江南景色比喻憂愁的深廣，以面積廣大比喻憂愁之多，「滿城風絮」以整個空間立體地比喻憂愁之深廣，「梅子黃時雨」以連綿不斷比喻憂愁之時間很長和難以斷絕，興中有比，意味深長，被譽爲絕唱。

三更漁歌憶往事

臨江仙（夜登小閣憶洛中舊遊） 陳與義

憶昔午橋橋上飲，坐中多是豪英。長溝流月去無聲，杏花疏影裡，吹笛到天明。二十餘年如一夢，此身雖在堪驚。閒登小閣眺新晴，古今多少事，漁唱起三更。

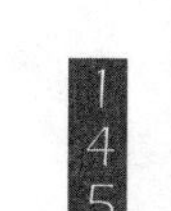

注　　釋

- 洛中：北宋西京河南府，治所在洛陽縣。陳與義是河南人，所以故鄉有他的舊友。
- 午橋：即午橋莊，故址在今河南省洛陽市南。唐宰相裴度晚年在這裡建別墅，與白居易、劉禹錫等人詩酒往來。
- 長溝：午橋下的河流。
- 二十餘年：指靖康之亂前作者在洛陽生活的那段時光。
- 漁唱：漁人之歌。
- 三更：三更天，指午夜時分。

回憶起昔日在洛陽午橋上的痛飲，座客大多是豪傑英雄。長河上倒映的明月，像是隨著河水悄悄地流動。我們同坐在杏花的疏影下，長笛一直吹到天明。如今二十多年過去，宛如一夜長夢。雖然此身還在人世，一想到國破家亡，朋友流散，仍然感到心驚。閒來無事時登上小樓觀賞雨後的晴空。古今多少興亡成敗，都好像融進了三更時的漁歌之中。

背景故事

陳與義，洛陽人，號簡齋，南宋愛國詞人，有《簡齋集》、《無住詞》等。宋欽宗時期，金兵大舉入侵中原，包圍汴京，北宋政權眼看就要滅亡了。這一年，詞人陳與義因父親去世暫時離開朝廷，在人民紛紛逃難的情況下，他先到汝州，隨即向南，經葉縣、方城，到光化。

宋高宗時期，他又從光化回到鄧州。第二年他又從均陽出發，順漢水南下，秋冬之際，他到了湖南岳陽，在連續近三年的逃難中，他幾乎跑遍了大半個中國。

這一年，他來到了湖州，在一間僧舍裡暫時住了下來。整理好行李，天色已晚，不一會兒天便黑透了。

在長期的逃難中，陳與義思念故土，想念親人，憂國憂民。此時夜深人靜，他走出僧舍，登上旁邊的一座小閣。抬頭遠望，夜色茫茫處就是家鄉洛陽，回首前塵，往事如煙，卻歷歷在目。

那是他年輕時在洛陽的生活：

午橋，到處是「天香國色」的牡丹花。這裡築山穿池，有風亭、水榭、彩閣、涼台。這裡名貴的牡丹應有盡有，而唐代裴度的綠野草堂也建在這裡。加上清流湍急、映帶左右的天然風光，於是便成了唐宋以來文人名士們詠觴流連的好去處。而因「午橋」人傑地靈，所以令人樂而忘返。

月亮升起來了，多麼皎潔的月光。橋下是悄悄流去的河水，映在水面上的明月，好似也跟著河水遠去了。

那麼，在如此「清涼無限」的境況中的人呢？「杏花疏影裡，吹笛到天明」，明淨清澈的月光，透過樹枝把稀疏的花影投映在地上，這時，從花影下傳出悠揚的笛聲。

這是在小閣之上對「洛中舊遊」的回顧。雖然歷經離亂，但這裡沒有那種「慷慨賦詩還自恨，徘徊舒嘯卻生哀」的感情，而從水上的「午橋」，長溝的「流月」，杏花的疏影中，卻可看出浸透著一種舒放輕快的氣息。是什麼聲音叩響耳鼓，啊，是江面上傳來的漁夫的歌聲。它在這更深夜靜的夜空中飄蕩，「二十餘年如一夢」的往事，不就是歷史浩浩長河中的一小朵浪花嗎？

但是他從宋徽宗政和三年走上宦途，屢遭貶謫，以後又連年流亡，萬里奔波，九死一生。現在以病辭職，投寄在這僧舍，怎能不產生此身何寄的茫然之感呢？

夜色正濃，心潮難平。陳與義的那首著名的《臨江仙》

寫成了。

此詞上片回憶南渡之前在洛陽午橋上與眾多豪傑之士的歡飲，敘事中有寫景。下片所述時間上由昔轉今，空間上由洛陽轉回江南，是詞人一番深之又深的感慨。

巨人的黃昏

菩薩蠻

——王安石

數間茅屋閒臨水，窄衫短帽垂楊裡。花是去年紅，吹開一夜風。

梢梢新月偃，午醉醒來晚。何物最關情，黃鸝三兩聲。

- 窄衫短帽：便服。這裡借代為人。
- 這句是「一夜風吹開」的倒裝句式。
- 指蛾眉月高掛樹梢。

　　幾間茅屋面對著青青的碧水，我輕衫短帽，在垂楊裡從容漫步。一夜的春風把花兒吹開，那顏色還像去年那樣艷麗鮮紅。中午喝醉了酒睡下，醒來時已是一彎新月當空。我最關心的是什麼呢？是黃鸝那清脆悅耳的鳴叫聲。

背景故事

王安石出生於仕宦家庭，自幼勤奮好學，博覽群書，他於二十二歲中進士後，歷任淮南推官、鄞縣知縣、舒州通判、常州知府、江東刑獄提典等職，均能體恤民情，爲地方興利除弊。北宋嘉祐三年（1058年）任支度判官時，向宋仁宗上萬言書，對官制、科舉以及奢靡無節的頽敗風氣作了深刻的揭露，請求改革政治，加強邊防，但並未引起朝廷的重視。

1067年神宗即位，王安石出任江寧（今南京）知府，旋被召爲翰林學士兼侍講。熙寧二年（1069年）任參知政事，次年拜相，即開始實施變法，所行新法在財政方面有均輸法、青苗法、市場法、免役法、方田均稅法、農田水利法；在軍事方面有置將法、保甲法、保馬法等。同時，改革科舉制度，爲推行新法培育人才，這些措施在一定程度上限制了大地主和豪紳對農民的剝削，促進了農田水利事業的發展。

國家財政有所改善，軍事力量也得到加強。但由於司馬光等保守勢力的激烈反對，新法在推行中屢遭阻礙，宋神宗也有所動搖。熙寧七年，王安石被迫辭相，再任江寧知府，次年二月複任宰相，不久又因維護新法得罪了神宗而再次罷相，退居江寧半山園，被朝廷封爲「荆國公」。

王安石兩次做宰相，都因爲推行新法遭人反對而被免職。第二次免職時，他已經是一個飽經滄桑的老人了。於是他就在一個依山傍水的地方修建了幾間草屋，準備安度晚年。王安石十分喜歡這個地方，便把它稱爲「半山園」，而自己則自號「半山」。

這真是一個非常幽靜的地方，遠有山，近有郭，水繞園，池臨屋。一天，一位老朋友來「半山園」拜訪王安石，兩人在園中坐定，把盞敘舊。閒談了一會兒，老朋友問道：「老兄在這裡生活得如何？」

王安石微微一笑，隨口吟出一首《菩薩蠻》詞，權作答覆。

王安石的生活怎麼樣呢？從這首詞中便可看出來。臨水的茅屋，夜開的紅花，在這種退居的閒散生活中，王安石找到了心情的寄託之所。

他想學陶淵明，退出仕途過隱居的生活，但是，家事國事天下事，事事關心的王安石，何曾把國家的興廢放在腦後過？想想自己再也沒有機會去推行新法，爲國家做貢獻，他的心裡難受極了。於是就借酒澆愁，經常喝得酩酊大醉，醒來的時候，一彎新月已經高高地掛在柳樹梢上。

月光下，不時地傳來幾聲婉轉的鳥鳴。看到這樣的情景，他的心裡好像輕鬆了許多，但實際上他的內心並不平靜，只是藉著這寧靜的夜色來掩蓋那鬱悶的心情罷了。因爲對於一個奮鬥了一生，而事業卻並沒有成功的老人來說，無論怎樣寧靜的生活和優美的景色，都不能使他的內心平靜下來，而只能勾起他那複雜的、難以言說的感情。

宋神宗元豐八年三月，神宗去世，高太后臨朝聽政，重新起用司馬光爲宰相，於是在變法中受到打擊的官員又紛紛回到朝中，新法也隨之都被廢除了。

此時，王安石懷著十分憂慮的心情關注著時局的變化。罷除新法，恢復舊制的種種消息不斷從京城開封傳來。他聽到這一切，心情格外沉重，深爲國家的前途憂慮。

宋哲宗元祐元年春，病中的王安石聽到免役法也被廢掉的消息，不禁大爲愕然。從此，他病情加重，四月初，這位六十六歲的老人便在憂慮中與世長辭了。

這首詞是作者晚年生活的真實寫照，開首「數間茅屋閒臨水，窄衫短帽垂楊裡」二句明白地表示自己目前的生活環境與身分。往昔重樓飛簷、雕欄畫棟的官宦居處換成了築籬爲牆，結草作舍的水邊茅屋；如今窄衫短帽的閒人穿著取代了過去的冠帶蟒服。作者從九重宸闕的丹墀前來到了水邊橋畔的垂楊裡。對於這種遭際的變化，王安石似乎採取一種安然自適的態度。

一個「閒」字渲染出淡泊寧靜的生活環境，也點出了作者擺脫宦海遠離風塵的村野情趣。兩句閒雅從容，雖然是從前人詩句中摘錄而成，但指事類情，貼切自然，不啻如出己口。

接著「花是去年紅，吹開一夜風。」兩句是寫景：一夕春風來，吹開萬紫千紅，風光正似去年。但是，作爲一個曾經銳意改革的政治家，他對花事依舊、人事已非的感慨，就

不僅僅是時光流逝、老之將至的歎息，更包含著他壯志未酬的憂愁。

因此，即使在看似閒適的生活裡，自然界的月色風聲，都會引起這位政治家的敏感與關注，而被賦予某種象徵的意義：「梢梢新月偃，午醉醒來晚。」作者醉酒晝寢，再也不必隨班上朝參預政事，生活是如此閒逸，但是，酒醒夢回，陪伴他的並不是清風明月，而是風吹雲走、月翳半規的昏沉夜色。

最後二句自然地歸結到閒情上：「何物最關情，黃鸝三兩聲。」作者自問自答，寫得含蓄而餘韻悠長。王安石的寄情黃鸝，不僅是表現在鳥語花香中的閒情逸趣，更是顯示自己孤介傲岸、超塵脫俗的耿直人格。全詞在安逸恬淡的生活情景中寄寓著政治家的襟懷心志，在嫻雅流麗的風格中顯示出作者的才情傲骨，也展現了王安石詞素潔平易而又含蓄深沉的詞風。

 追往事歎今吾

鷓鴣天有客慨然談功名

（因追念少年時事戲作）——辛棄疾

壯歲旌旗擁萬夫，錦襜突騎渡江初。

燕兵夜娖銀胡𩎚，漢箭朝飛金仆姑。

追往事，歎今吾，春風不染白髭鬚。

卻將萬字平戎策，換得東家種樹書！

- 慨然談功名：激昂慷慨地談起功名事業方面的事。
- 少年時事：指青年時期歸宋和殺叛將張安國之事。
- 戲作：古人寫詩詞命題常用的謙詞，表示是帶遊戲性的非正式作品。
- 壯歲：指青年時期。
- 旌旗：軍旗。
- 擁萬夫：統領萬餘抗金戰士。
- 錦襜突騎：精銳的錦衣騎兵。

- 渡江：謂突破敵人包圍，英勇渡江歸宋。
- 「燕兵」二句：宋金兩軍鏖戰，金軍驚恐萬分，夜間使人拿著空箭囊，傾聽遠方聲息，以免受暗襲；宋軍在天一亮便萬箭齊發，向金兵發動猛烈進攻。燕兵，指金兵。，整頓。銀胡簶，銀製的箭袋，又可作探測遠處聲響用。漢箭，宋軍所發箭。金仆姑，箭名。
- 追：回憶。
- 今吾：今天的我。
- 髭：嘴上邊的鬍子。以上三句感歎年老，鬍子白了不能再黑。
- 平戎策：指他屢次上書陳述的抗金策略及救國計劃。
- 東家：東鄰。

在那難忘的青年時代，高舉義旗率眾抗擊金兵，突破敵人的包圍，英勇渡江歸南宋。金軍萬分驚恐，夜間使人用箭囊聽動靜，宋軍拂曉萬箭齊發，向敵人發動猛烈進攻。追懷往事，感歎今我，垂垂年老鬍鬚白，變黑枉自盼春風。過去上了那麼多抗金意見和建議的奏摺，今天卻落得種樹難平戎。

背景故事

辛棄疾一生積極主張抗金，他本人也加入到抗金的義軍行列，並且多次提出抗金恢復宋室之策，但都沒有被朝廷採納。直到暮年也沒能實現恢復宋室之願，他回想往事，感慨萬千，於是成詞一首。

上片憶舊，下片感今。上片描摹青年時代一段得意的經歷，慷慨激越，聲情並茂。下片轉把如今廢置閒居、髀肉複生的情狀委曲傳出。前後對照，感慨淋漓，而作者關注民族命運，不因衰老之年而有所減損，這種精神也滲透在字裡行間。

辛棄疾二十二歲時，投入山東忠義軍耿京幕下任掌書記。那是宋高宗紹興三十一年（1161年）。這一年金主完顏亮大舉南侵，宋金兩軍戰於江淮之間。第二年春，辛棄疾奉表歸宋，目的是使忠義軍與南宋政府取得正式聯繫。不料他完成任務北還時，在海州就聽說叛徒張安國已暗殺了耿京，投降金人。辛棄疾立即帶了五十餘騎，連夜奔襲金營，突入敵人營中，擒了張安國，日夜兼程南奔，將張安國押送到行營所在，明正國法。這項英勇果敢的行動，震驚了敵人，大大鼓舞了南方士氣。

上片追述的就是這一件事。「壯歲」句說他在耿京幕下任職（他自己開頭也組織了一支游擊隊伍，手下有兩千人）。「錦襜突騎」，也就是錦衣快馬，屬於俠士的打扮。「渡江初」，指擒了張安國渡江南下。然後用色彩濃烈的筆墨描寫擒拿叛徒的經過：

「漢箭朝飛金仆姑」，自然是指遠途奔襲敵人。「夜娖銀胡籙」，胡，是裝箭的箭筒。古代箭筒大多是用皮革製成，它除了裝箭之外，還另有一種用途，夜間可以探測遠處的音響。「燕兵」自然是指金兵。燕本是戰國七雄之一，據有今河北北部、遼寧西部一帶地方。五代時屬契丹，北宋時屬遼，淪入異族已久。所以決不是指宋兵。由於辛棄疾遠道奔襲，擒了叛徒，給金人以重大打擊，金兵不得不加強巡查，小心戒備。（這兩句若釋爲：「儘管敵人戒備森嚴，棄疾等仍能突襲成功。」也未嘗不可。）「夜娖銀胡籙」便是這個意思。

這是一段得意的回憶。作者只用四句話，就把一個青年英雄的形象生動地描繪出來。

下片卻是眼前情景，對比強烈。「春風不染白髭鬚」，人已經老了，但問題不在於老，而在於「卻將萬字平戎策，換得東家種樹書。」本來，自己有一套抗戰計劃，不止一次向朝廷提出過（現在他的文集中還存有《美芹十論》、《九議》等，都是這一類建議，也就是所謂「平戎策」。）卻沒有得到重視。如今連自己都受到朝廷中某些人物的排擠，平戎策換來了種樹的書（暗指自己廢置家居）。少年時候的那種抱負，只落得一場可笑可歎的結果了。

 登高樓憑弔古人

念奴嬌

（登建康賞心亭呈史留守致道）——辛棄疾

我來弔古，上危樓，贏得閒愁千斛。虎踞龍蟠何處是？只有興亡滿目。柳外斜陽，水邊歸鳥，隴上吹喬木。片帆西去，一聲誰噴霜竹。卻憶安石風流，東山歲晚，淚落哀箏曲。兒輩功名都付與，長日惟消棋局。寶鏡難尋，碧雲將暮，誰勸杯中綠？江頭風怒，朝來波浪翻屋。

- 賞心亭：在建康城西下水門城上。建於北宋，當時為遊覽勝地。
- 呈：呈送。
- 史留守致道：史致道，名正志，當時任建康行宮留守。
- 弔古：憑弔歷史人物和歷史事蹟。
- 危樓：高樓。這三句說，登上賞心亭弔古傷今，心頭鬱積著無限的哀愁。

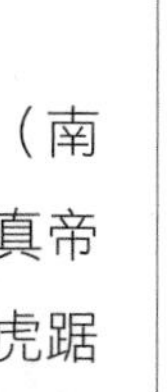

- 虎踞龍蟠：形容南京地勢險要。諸葛亮評論金陵（南京）地理形勢時說：「鍾阜龍蟠，石城虎踞，真帝王之宅。」這兩句說，古人所稱讚的那種龍蟠虎踞的險要形勢在哪裡啊？如今看到的卻是六朝興亡的歷史遺跡，一片蕭條景象。
- 踞：蹲、坐。
- 蟠：盤繞。這三句寫在亭子上所見的黃昏景色。
- 隴：通壟，田埂。
- 喬木：高大的樹木。這兩句說，江中孤帆西去，遠處傳來笛聲。
- 這三句說東晉謝安有文采，有才能。他曾寓居會稽，「高臥東山」，與王羲之等遊山玩水，詠詩作文。一次孝武帝召宴，謝安在座。桓伊彈箏唱歌，替謝安表白忠心，聲調慷慨。謝安聽完，淚下沾襟。
- 「兒輩」兩句：東晉時，前秦苻堅勢力強大，發兵攻晉，謝安派他的弟弟謝石和侄子謝玄率兵迎戰，以少勝多，大敗前秦軍隊，這就是著名的「淝水之戰」。捷報傳來，謝安正與客人下棋，他十分從容地說：「小兒輩遂已破賊。」兒輩，指謝玄等。這兩句意謂功名事業讓別人去幹吧！自己只好整日下棋消磨時光。這裡作者用謝安喻史致道，由於不受重用而無所作為。
- 「寶鏡」這三句是說寶鏡找不到，連「對影成三人」都不可得，孤苦無聊，誰來勸我喝一杯酒呢？

- 「江頭」這兩句暗喻國勢危急。

譯文

我登高樓來憑弔古人，激起愁恨無邊。高樓在何處？虎踞龍盤聳立千古，回顧南朝歷史，金陵王氣勢已消失，只有興亡景象映眼目。柳外斜陽，一片黯淡光景，水邊歸鳥，令人傷心慘目。

山上風吹喬木，蒼茫是歷史景象，分崩動盪實堪憂。西去片帆掠過，笛聲昂揚使人豪氣抖擻。謝安有非凡的器宇風度，東山再起前，看似消磨在棋局，卻不曾忘記戰局，運籌黑白出奇制勝，遠見卓識武略高。

桓伊箏曲音節悲慨，功勳赫赫的謝安啊！淚流滿心悲憂。英雄將老，碧雲將暮，勸君且進杯中美酒。江頭的驚濤怒風啊！正是經綸手的寫照。

背景故事

這首詞是爲登建康賞心亭而寫的。當時抗戰派人物史致道知建康府，辛棄疾任建康府通判。此詞情感形式的最大特點是結構層次善於移步換景，在感情深入的同時，逐步強化了共鳴的節奏。而且還蘊藏著傷時哀世的悲傷之感。

在詞中，作者所憑弔的謝安是東晉時期的宰相，他指揮了著名的淝水之戰。因戰役主要發生在淮水支流淝水一帶，故稱爲淝水之戰。前秦苻堅於373年（寧康元年）攻占東晉的梁、益二州（今陝南、四川大部），又於376年（太元元年）兼併了前涼和代。統一北方以後，積極準備南下滅晉。

382年，苻堅召集群臣商議，要親率大軍南下，一舉併吞據有東南一隅的東晉。除祕書監朱彤表示贊同外，其餘諸臣普遍提出異議，引起苻堅的不滿。其弟苻融也表示反對，理由是前秦連年戰爭，兵疲將倦，人民又不願與東晉作戰。一旦大軍南下，被征服的鮮卑、羌、羯等族的貴族，就會起來反叛。

苻堅自以爲強兵百萬，資仗如山，投鞭斷流，滅晉就在眼前。這時鮮卑族將領慕容垂和羌族將領姚萇希望前秦失敗，以便恢復自己的割據勢力，都慫恿苻堅伐晉。

次年五月，苻堅下令百姓每十丁抽一爲兵，「良家子」（門第較高的富家子）年二十以下有材勇者，都授羽林郎官號。所有公私馬匹全部徵用。這些軍隊除漢人外，還有不少是鮮卑、羯、匈奴、氐、羌等少數民族。八月，苻堅倚仗其優勢兵力，西起鄂北，東到壽春，兵分三路，全面進攻。西路由大將姚萇率梁、益兩州軍隊，沿長江、漢水東進；中路由苻堅親自率領步兵六十萬、騎兵二十七萬，由長安出發，經洛陽、項城、潁口南下；東路由苻融爲前鋒都督，領慕容垂等所率步騎二十五萬爲前鋒，經彭城（今江蘇徐州）南下。

秦軍百萬，前後千里，水陸齊進，旗鼓相望。東晉統治階級爲了阻止胡馬渡江，暫時緩和了內部矛盾而一致對敵。宰相謝安沈著鎮靜，以荊州刺史桓沖控制長江中游，以防禦

爲主，阻止秦軍由襄陽方面進攻；命謝石爲征討大都督，謝玄爲前鋒都督，統領謝琰、桓伊、劉牢之等，率八萬北府兵開赴淮水一線抗擊。又命龍驤將軍胡彬率五千水軍增援壽春。

十月，苻融所率前鋒部隊渡過淮水，攻占壽春，胡彬退保硤石（今安徽壽縣西北），遭到圍困。苻融派部將梁成率兵五萬進駐洛澗（淮河支流，今安徽淮南東）。謝玄軍由東向西推進，駐兵於洛澗東二十五里處。這時，秦軍主力已抵項城（今河南沈丘），苻堅帶輕騎八千，兼道趕到壽春，直接指揮。

隨後他派在襄陽被俘的晉將朱序到晉營勸降謝石，朱序卻私下勸謝石趁秦軍主力未到之前，迅速發起攻擊，一鼓作氣，擊敗秦軍。謝石於是派北府兵將領劉牢之率精兵五千渡過洛澗，一戰擊敗秦軍前鋒，陣斬秦將梁成等，殲秦軍一萬五千餘人。

兵力處於劣勢的晉軍首戰告捷，士氣大振，逆水陸並進，苻堅在壽春城上，望見晉軍陣容嚴整，以爲八公山（今安徽壽縣城北）上的草木都是晉兵，始感恐懼。洛澗獲勝後，謝石、謝玄率主力挺進至淝水（今安徽壽縣東瓦埠湖至淮河的一段河流）東岸，與秦軍隔河對峙。

謝玄派人到苻融營中，要求秦軍略向後退，以便渡河決戰。秦軍一些將領認爲不應後撤。苻堅則企圖稍退以迷惑晉軍，待其半渡，以騎兵突襲取勝。但被迫當兵的各族人民拼湊的秦軍，在洛澗失敗後，無心再戰，當聽到後撤命令時，競相奔逃。

朱序又在陣後大呼「秦軍敗矣！」謝玄等引兵乘機搶渡淝水猛烈進攻，秦軍潰敗，苻融馬倒被殺。晉軍乘勝追擊至壽春城西的青岡才收軍，秦軍死者相枕。秦軍潰逃時，聽到風聲鶴唳，都以爲是東晉追兵，自相殘踏而死者，蔽野塞川。他們晝夜不敢休息，疲憊饑寒，死者十之七八。

苻堅身中流矢，單騎而逃，回長安後不久，於385年爲羌族將領姚萇所殺，前秦瓦解。

友情篇

「有情風萬里捲潮來，
無情送潮歸」，書生文人
對友情都有特殊的感受，
這從他們的作品中可以
看出來，而宋詞中贈於友情
的故事也不在少數，著名的
有辛棄疾、陳亮的鵝湖之會，
蘇軾、參寥子的真摯友誼，以及
岳飛後人岳珂與辛棄疾的忘年之交……
文人之間的友情更多的是一個「義」字，他們大多
在朋友們身陷困境時，不顧個人安危伸出援助之手
所謂：人生得一知己足矣，斯是當同懷視之，也正
許多文人對朋友態度的真實寫照。

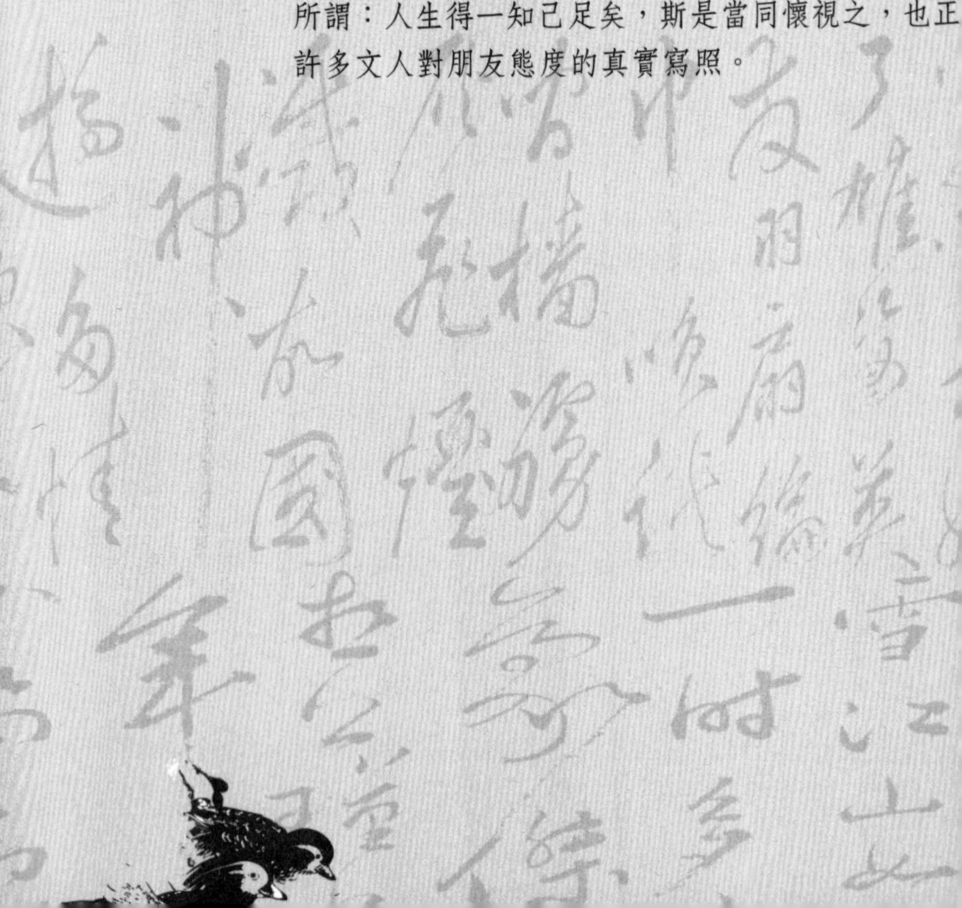

小神仙難捨塵緣

太平時

——陳妙常

清靜堂中不捲簾，景悠然。
閒花野草漫連天，莫狂言。
獨坐洞房誰是伴，一爐煙。
閒來窗下理琴弦，小神仙。

清靜堂這裡環境優美，到處是鮮花野草，我在此過著悠然的生活，請不要再多說什麼。當單獨坐在房中，面對一爐繚繞的香煙，彈琴念佛，這是人間神仙般的生活，你不要再亂想了。

在宋朝時期有個女貞觀。觀裡有位叫陳妙常的尼姑，她年方二十，姿色出眾，不僅如此，她更是詩文俊雅，是位十分難得的女才子。

這一年，張孝祥被朝廷任命爲臨江令。於是他打點行裝，帶上僕人便上路了。說來也巧，這一天在途中他投宿在一座寺觀中，這座寺觀恰恰就是女貞觀。

晚飯後，張孝祥閒來無事，在觀中四處遊玩，無意中看到了陳妙常。

在閒談中，張孝祥發現這位芳齡才二十歲的尼姑陳妙常，不但長得天姿國色，言談舉止非常優雅，而且居然還能夠彈琴寫詩！這使張孝祥大爲吃驚，對她自然就極有好感並決心娶她爲妾。他當即便寫了首詞贈給她，字裡行間充滿著挑逗之意。誰知這陳妙常不但絲毫不爲所動，反而也塡寫了一闋詞牌名爲《太平時》的詞，返贈並婉拒了張孝祥。

陳妙常的詞表明自己安於「清靜堂」中的悠然生活，特別是獨坐房中，面對一爐繚繞的香煙，彈琴念佛，就是人間的小神仙也不能與她相比。這是在告訴張孝祥：我自得其樂，你就不要胡思亂想了。

這樣，識趣的張孝祥只得作罷。第二天一大早起來，惆悵萬端的他因陳妙常昨晚給予留宿尼庵的方便，真誠地向她深致謝意。在離去時，他戀戀不捨地再次凝望了她一眼，便匆匆作別了。

歲月不居，過後不久，洛陽才子潘必正來到女貞觀，在偶然的相遇中他和陳妙常一見鍾情。於是他們今日相互贈詞，明日唱和新詩，情投意合。這位「小神仙」在潘必正面前，再也過不下去那禪房中一爐煙、一張琴、「不捲簾」的日子了。

兩人暫別後，興致勃勃的潘必正遂把這件情事神祕地告訴了張孝祥。張開始時頗爲朋友潘必正高興，但他忽然又有些憂心忡忡起來。潘急忙詢問這是爲什麼？張說，按照常規，讀書人是不應該娶尼姑爲妻的；不然，他將會受到國家法律的嚴厲懲處。說到這裡，潘聽著也不覺有些膽戰心驚了，便連忙請張給他想辦法。沉吟了一下，張便爽朗地大笑起來：「有辦法了！」

張就讓潘向府衙投訴，說這尼姑陳妙常原就是他早經聘定的未婚妻，由於他父母舉家遷移的緣故，現在兩人才邂逅。這樣一來，官府的有關條文也就不能再阻攔他們成親了。

第二天潘必正果然就按照張孝祥的指教執行。作爲當地縣官的張孝祥便把這好事做到底，當即判定潘、陳成爲夫婦。潘必正與陳妙常喜出望外，成親之日，請張孝祥上座，行大禮，感恩不盡。看到一對佳人終於結成連褵，張孝祥開懷暢飲，直到喝得酩酊大醉方才甘休。

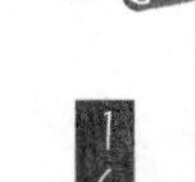

賦佳作以謝恩人

踏莎行（二社良辰）

——陳堯佐

二社良辰，千秋庭院。翩翩又見新來燕。鳳凰巢穩許為鄰，瀟湘煙暝來何晚。

亂入紅樓，低飛綠岸。畫梁時拂歌塵散。為誰歸去為誰來？主人恩重珠簾卷。

注釋

- 二社：指春社與秋社，是祭祀社神（土地神）的節日。春社為立春後第五個戊日，秋社為立秋後第五個戊日。
- 千秋庭院：一作「千家庭院」。

譯文

在這美好的時節，庭院中燕子翩然歸來，以鳳凰為鄰座之巢，可惜時間上稍稍晚了一些。心情舒暢的燕子紛飛，落入富貴之家，燕子棲於畫樑，究竟是為誰飛來飛去呢？是因為庭院的主人對它施以厚恩呀！

背景故事

陳堯佐是閬州閬中（現在的四川省閬中）人氏，他在宋太宗端拱元年中進士。陳堯佐從小聰敏好學，善書法，他的字點畫肥重，人稱「堆墨書」。

他曾做過魏縣知縣、中牟尉，後又任壽州知州和兩浙轉運副使。到了宋太宗天禧年間，黃河決堤，氾濫成災，百姓苦不堪言。當時，陳堯佐任滑州知州，親率民工上堤救護，並用木龍以殺水勢，等水稍退後，又馬上動員兵民修築長堤，所以人們稱這長堤爲「陳公堤」。

後來他到並州做官，又看到汾水河道淤塞，危害百姓，又親自率人整治汾水，使它造福於民，因此百姓對陳堯佐非常感恩戴德。

仁宗皇年間，宰相呂夷簡因自身年紀已大，要辭官回鄉。仁宗遂垂問呂：「愛卿退職後，您覺得宰相一職由誰擔任最爲合適？」呂嚴肅地回答：「依微臣看來，陳堯佐最具宰相的才氣。」仁宗聽後，不覺也頷首贊同了。

一時間當上了這一人之下萬人之上宰相的陳堯佐，內心裡著實感激老宰相呂夷簡的舉薦提拔之恩。陳自然知道，以前自己並沒有爲了向上爬而討好過呂。

而現在，呂卻居然推薦自己擔任這個被百官仰望著的要職，不用說，這就是自己人生中的非凡際遇了。而呂夷簡呢，倒是還記得陳在擔任樞密副使一職時，就曾對他的親信，也就是時任祥符縣令的陳詁開脫過罪責的好處。而且，目下朝廷中的人選他也是衡量過的，覺得沒有人比陳堯佐擔任宰相更爲合適了，於是出於公心的呂便舉薦了陳。陳堯佐接到升遷的聖旨，真感到是喜從天降。於是對費盡心機推薦自己的呂公綽，感激萬分。

怎樣才能向呂公綽表達自己的萬分感激之情呢？於是，陳堯佐提筆在手，以「燕」爲題，寫出了一首《踏莎行》詞，並攜帶著好酒到老宰相的府第裡去拜謝。就在二人飲酒攀談時，陳堯佐使那些美麗動人的歌女唱起他這特意賦寫的平生唯一一首詞作。

呂夷簡聽到最後一句「爲誰歸去爲誰來？主人恩重珠簾卷」時，便感到很是受用；他覺得自己的眼力不錯，選了個知恩報德的人作爲他的接班人，因而便頗爲領情地一再點著頭。

陳堯佐走馬上任當了參知政事以後，果然不負眾望，真如呂公綽在皇帝面前推薦他時所說的那樣，穩把朝舵，盡心盡力地爲國家、朝廷著想，切切實實地爲人民做了一些有益處的事情，而他自己也一帆風順地度過了自己的仕宦生涯。

陳堯佐的這首詞，爲感謝宰相申國公呂夷簡薦引其拜相之恩德而作。詞中採用比興、暗喻手法，以燕子自喻，寄寓了詞人的感恩思想。詞的起首三句，寫環境，以燕子的翩然歸來，喻朝廷的濟濟多士，同時也寄寓了詞人對如同明媚春光盛世的讚美與熱愛，以及詞人悠然自得的心情。「千秋」義，即秋千。燕子於寒食前後歸來，而秋千正是寒食之戲。此亦暗點時令，與「二社」照應。

「翩翩」，輕快。燕子一會兒飛向空中，一會兒貼近地面，自由之態可掬。句中的「又」字，說明燕子的翩然歸來，不止一隻，「新來」說己之初就任，語雖淺而意深，進一步歌頌朝廷的無量恩德。

三、四兩句暗喻呂夷簡的退位讓賢，並自謙依附得太晚。詞人把這一層意思，表達得極為婉曲，令人覺得含蓄蘊藉而不直接表白、浮淺。

「鳳凰巢穩許為鄰」，以鳳凰形容鄰座之巢，意在突出其華美與高貴。不說「占得」，而說「許為鄰」，亦謙恭之意。「瀟湘」謂燕子所來之處，當系虛指。

「來何晚」三字，充滿感情色彩。從語氣上看，似為自責，其中大有「相從恨晚」之意。過片二句以象徵、比擬手法，透過描寫心情舒暢的燕子亂入紅樓、低飛綠岸的意象，表達出詞人當時的歡樂、暢適心境。

「紅樓」為富貴之家，「綠岸」為優美之境。「亂入」形容燕子的紛飛。

下片第三句「畫梁時拂歌塵散」，華堂歌管，是富貴人家常事，燕子棲於畫樑，則樑塵亦可稱作「歌塵」。此亦為居處之華貴作一點綴。

結尾二句以「主人」喻呂夷簡，以「燕」喻詞人自身，委

婉曲折地表達了感恩之情。「爲誰歸去爲誰來」，純爲口語，一句提問，引起讀者充分注意，然後輕輕引出「主人恩重珠簾卷」，悠然沁入人心，完成了作品的主題。這種代燕子立言以表示對主人感激的象徵手法，收到了極好的藝術效果。

友情風捲萬里浪

八聲甘州（寄參寥子） ——蘇軾

有情風萬里卷潮來，無情送潮歸。問錢塘江上，西興浦口，幾度斜暉？不用思量今古，俯仰昔人非。誰似東坡老，白首忘機。記取西湖西畔，正春山好處，空翠煙霏。算詩人相得，如我與君稀。約他年、東還海道，願謝公雅志莫相違。西州路，不應回首，爲我沾衣。

注　釋

- 參寥子：僧人道潛，字參寥，於潛（今杭州附近）人，能詩善文，與蘇軾交往甚密。
- 西興浦口：西興江邊。西興，在今杭州附近。
- 暉：陽光。
- 俯仰：形容時間短暫。
- 忘機：忘用心機，無意爭競。
- 空翠：晴空。

- 煙霏：煙霧瀰漫的樣子。
- 相得：相投合。
- 謝公雅志：指謝安素常隱居之志。
- 「西州路」三句：是說自己要實現謝公退隱的雅志，不要使參寥子像羊曇那樣痛哭於西州路。

譯文

有情的風捲來萬里潮水，卻又無情地將潮水送回。問詢錢塘江上，那西興江邊，曾幾度映照夕陽的餘暉？不必去思量古事今世，俯仰間昔人俱往物是人非。誰能像我東坡老翁，老來忘機恬靜無為。

記得西湖西岸，正值春山景色佳美，晴日碧空陰雨煙霏。料想詩人情趣投合，如你我者終屬稀少。約定將來還東海，但願謝公歸隱素志莫相違。莫相違不回頭，期君勿似羊曇，西州路上為我悲。

背景故事

參寥子，字參寥，僧人，法號道潛。這位道潛和尚不但精通釋義，而且在詩歌創作上很具特色，以清新脫俗著稱，所以爲蘇軾稱賞。最初，蘇軾與道潛和尚相識於徐州。那時他們經常在一起論釋義，談詩歌，兩人感情日增。

當蘇軾因禍被貶到黃州時，道潛和尚不辭辛苦，不遠千里趕到黃州，在那裡追隨蘇軾好幾年。在這幾年當中，蘇軾雖是位豁達之人，但由於仕途與生活上的種種不幸，難免有許多苦惱，而正是道潛和尚常隨其左右，或談天說地，或棋琴書畫，爲蘇軾解去了許多不快。

當蘇軾被貶海南，許多曾圍在他身邊的故舊都避之唯恐不及，而又是這位道潛和尚幾次千方百計地捎去書信，並要過海去看望蘇軾。

在道潛和尚的眼中，風高浪險的大海算得了什麼，他與蘇軾間的感情是任何艱難險阻都無法阻擋的。蘇軾收到他的信，馬上託人捎去書信，才勸止了他。

就是這樣肝膽相照的朋友，讓蘇軾終生難忘，這首《八聲甘州》（寄參寥子）詞作於宋哲宗元祐六年（1091年），此時，蘇軾由杭州太守被召爲翰林學士。當他準備離開杭州時，寫下這首詞送給參寥。在這首《八聲甘州》中，蘇軾充分地表達了對參寥子深厚的情誼。

在詞中，蘇軾以錢塘江潮喻人世間的聚散分合，充分表現了詞人的豪情。開頭二句以錢塘潮水比喻人的歡聚與離別，激情洋溢，氣勢非凡。

這兩句雖只寫了「卷潮來」和「送潮歸」兩個方面，但卻以「來」始，以「歸」終，以「有情」始，以「無情」終，歸根結底是寫其無情。地上的潮水是如此，天上的太陽何嘗不是這樣？況且世事瞬息萬變，何必去憂古傷今呢？既已超脫「忘機」，無意於虛名浮利，友情就顯得尤其可貴。

下闋先追憶舊事，將舊日漫遊的地點、季節、景色以及二人志趣的投合一一寫出。然後寬慰友人，並寫出，我一定不會像謝安一樣雅志相違，使老朋友慟哭於西州門下，表現出了他們情誼的深切。

鵝湖之會

破陣子（爲陳同甫賦壯詞以寄） 辛棄疾

醉裡挑燈看劍，夢回吹角連營。八百里分麾下炙，五十弦翻塞外聲，沙場秋點兵。馬作的盧飛快，弓如霹靂弦驚。了卻君王天下事，贏得生前身後名。可憐白髮生！

- 陳同甫：陳亮字同甫（同父），為人才氣豪邁，議論風生，主張抗金，稼軒與之志同道合。
- 吹角連營：各個軍營裡接連不斷地響起了號角聲。
- 「八百里」句：八百里範圍內的部隊都分到熟牛肉吃，寫北方起義軍的軍容。
- 麾下：部下。
- 炙：烤熟的肉。
- 「五十」句：各種樂器奏出雄壯的歌曲。
- 塞外聲：指雄壯悲涼的軍歌。

- 翻：演奏。
- 沙場秋點兵：秋天在戰場上檢閱軍隊。
- 「馬作」二句：寫艱苦驚險的戰爭。作，如。
- 的盧：額上有一塊白毛的烈性快馬。
- 霹靂：雷聲，以喻射箭時弓弦的響聲。
- 天下事：指收復中原，這是當時的天下大事。
- 可憐白髮生：可憐頭髮都白了，還不能實現平生的壯志。

譯文

酒醉挑燈看劍觸發報國雄心，迷夢中號角連營。戰士們歡欣鼓舞，飽餐將軍分給的烤牛肉；軍中奏起振奮人心的戰鬥樂曲。秋高馬壯之日，就是點兵出征之時。戰馬飛快如的盧，弓弦則似霹靂震響，衝鋒豪氣貫長虹。實現君王收復失地的心願，贏得生前身後的功名。而現實卻是——報國有心，請纓無路，只能沉痛地慨歎：「可惜啊！我已年老長出了白髮！」

背景故事

宋孝宗淳熙年間，本來在都城做官的辛棄疾由於力主抗金而被貶到江南。即使是這樣，那些主張和金人講和的人也沒有忘記對他的迫害。不到十年的時間裡，辛棄疾竟然被調動了十一次職位。

由於受投降派的打擊與排擠，自己閒居已經有五個年頭了。最近幾年來，許多舊友都先後離開了人世。人生都有一死，但這些老友們恢復中原的夙願卻沒有實現，他們死不瞑目啊！主戰派的人物逐漸凋零了，而自己已年過五十，仍閒居在家，不能為國家的統一貢獻力量，怎能不使人感到寂寞，叫人悲痛憤懣呢！

暮色籠罩著原野，也籠罩著病室。家人點亮了蠟燭，在燭光下，掛在牆壁上的寶劍與雕弓，影子拉得長長的。

他感到一陣內疚：寶劍啊寶劍，我不能用你的鋒刃殺敵，卻讓你白白地掛在牆上，真是對不起你啊！

「啊，好久沒有張弓舞劍了，它們恐怕已落滿灰塵了吧？」

這時，他的好友陳亮前來拜訪，這讓他感到心喜。十年前，陳亮到京城臨安參加進士考試，接連三次上書宋孝宗趙昚，竭力主張北伐。由於措辭激烈，觸怒了當權的投降派，因此不但落第，其後還被人陷害坐了牢。

當時辛棄疾在朝裡擔任掌管刑獄的大理少卿，覺得陳亮有膽有識，便與他結成了朋友。他們志同道合，互相引為知己。不久，陳亮回家鄉去了，從此，兩人除書信往來，再也沒有見過面。

五年前，陳亮給辛棄疾寫信，打算在當年秋天來拜訪，後因被誣下獄而未能成行。這次陳亮是從浙江東陽專程來江西探望辛棄疾的。

初來時陳亮騎著馬，快要到辛棄疾家門的時候要經過一

座小橋，馬卻怎麼也不肯過，陳亮三次打馬過橋，馬卻三次後退，陳亮不由大怒，下馬拔出寶劍，用力一揮，馬頭應聲落地，他推開馬屍，徒步前行。辛棄疾正在倚樓遠望，見狀大驚，剛派家人出去打聽，而陳亮已走進家門。雖然辛棄疾此時正在生病，但看到陳亮到來十分高興。

陳亮抬頭望了望弓和劍，說道：「看來這弓和劍是長期掛在牆上不用的了？」

「是啊，我閒居以後，就再也不曾用過它們。」辛棄疾深情地望了望弓和劍。

說著，他走過去，把寶劍從牆上取了下來，拔劍出鞘，捧到陳亮的面前。

在燭光下，寶劍的鋒刃閃著逼人的寒光。

長歎一聲：「唉，老弟，可惜壯志未酬，卻已兩鬢生霜了！」

陳亮握住辛棄疾的雙手，誠摯地說：「老兄不必悲歎，咱倆都還年富力壯，只要丹心鐵骨，至死不變，我想，咱們總會有機會來收拾這破碎山河的！」

遠處傳來了一聲雞啼，接著又是一聲。陳亮站起身來，對辛棄疾笑著說道：「晉代愛國志士祖逖和劉琨半夜聞雞起舞，今夜咱倆的心情不也與他們兩人相同嗎？不要讓你的寶劍總是閒著了，來，我來舞一會兒劍！」

辛棄疾興奮地笑道：「好，你爲我舞劍，我爲你唱一首悲壯的歌！」

陳亮從辛棄疾手中接過寶劍，翩翩起舞，辛棄疾則激動萬分地唱起了一首《破陣子》：

醉裡挑燈看劍，夢回吹角連營。

八百里分麾下炙，五十弦翻塞外聲，沙場秋點兵。

馬作的盧飛快，弓如霹靂弦驚。

了卻君王天下事，贏得生前身後名，可憐白髮生！

次日，兩人同遊鵝湖，對酒當歌，共同議論當今朝政，共同商討抗敵救國的大計，透過和陳亮的交談辛棄疾感到前所未有的暢快。他們還到贛閩交界處的紫溪去拜訪朱熹，試圖將他爭取到抗戰派一邊來。但朱熹卻沒有按時前去。陳亮在瓢泉逗留了十天，沒有任何結果便離去了。這就是歷史上有名的鵝湖之會，後來二人書來信往，彼此唱和。黑暗歲月中的戰鬥友誼不斷鼓舞著兩名愛國者的鬥志。

開篇「醉裡挑燈看劍」，突兀而起，刻劃的正是一位落魄英雄的典型形象。這裡有兩物：「燈」與「劍」，有兩個動作：「挑」與「看」，而總冠以「醉裡」二字，使筆觸由外在形象的刻劃透入到主人翁的內心世界。醉中入夢，夢醒猶覺連營號角聲聲在耳。以下承「吹角連營」，回憶夢中情景。

「八百里分麾下炙，五十弦翻塞外聲」兩句，從形、聲兩方面著筆，寫奏樂啖肉的軍營生活，有力地烘托出一種豪邁熱烈的氣氛。結句一個重筆點化「沙場秋點兵！」寫得肅穆威嚴，展現出一位豪氣滿懷，臨敵出征的將軍形象。前兩

句描繪軍營，用「分」「翻」，重在熱烈的動；最後一句刻劃主帥，則如電影鏡頭運行中的一個突然定格，突出的是一種靜的威力。動靜相襯，攝人心魄。

下片緊承上文描繪戰事。作者並不泛泛用筆，而是抓住了戰場上最具典型特徵的馬和弓來寫。「馬作的盧飛快，弓如霹靂弦驚。」的盧是一種良馬，相傳劉備荊州遇難，所騎的盧「一躍三丈」，因而脫險。這就是三國故事中有名的「劉備躍馬渡㓽溪」。

霹靂，是雷聲，此喻射箭時的弓弦聲。這裡寫馬、寫弓，全是側面描寫，意在襯托人的意氣風發、英勇無畏。馬快弓響固然仍從形聲兩方面著筆，但與上片豪壯凝重不同。這兩句寫得峻急明快，從氣氛上向人們預示著戰事的勝利。因此下面便直抒胸臆道：「了卻君王天下事，贏得生前身後名。」這是作戰的目的，也是作者的理想。

「了卻」二字下得很好，人們通常說「了卻心病一樁」，這兩字正有這樣的意思。現實無奈，終於在夢中「了卻」了驅金復國這一宿願，語中充滿意氣昂揚的欣慰之情。但夢境畢竟代替不了現實。詞末一聲浩歎凝聚著作者萬千感慨「可憐白髮生。」由夢境返回現實，情緒一落千丈。這一句與篇首失意英雄的形象遙爲呼應，它一反夢境中的昂揚意氣而出以凝重深沉，從而形成一個特大跌宕。

 知音續佳作

浣溪沙

——晏殊

一曲新詞酒一杯，去年天氣舊亭台。夕陽西下幾時回？無可奈何花落去，似曾相識燕歸來，小園香徑獨徘徊。

- 去年天氣舊亭台：意謂天氣和亭台都一如去年。
- 香徑：滿是落花的小徑。

聽一曲新填的詞便飲酒一杯，天氣和池塘台榭都與去年全然相同。眼望著紅日西沉，不知它何日重新升騰。艷麗的花瓣紛紛飄落，內心的無奈能向何人訴說？似曾相識的燕子又飛回故巢，我在這落英繽紛的小徑上獨自徘徊。

初春季節，江南已經是一片枝繁葉茂的景象。在揚州市西北

蜀崗上的大明寺內，一位身著官服的長者正帶著幾個侍從在寺內遊覽。這位長者便是同平章事兼樞密使的當朝名臣晏殊。這次他因公事要去杭州，路過揚州，特地到唐代高僧鑑真曾居住和講學的大明寺遊覽。他們一行人過牌樓，穿天王殿，進大雄寶殿。晏殊饒有興致地瞻仰了三大佛、觀音像及十八羅漢群像，然後來到東苑。只見粉壁上鑲著一塊塊詩板，上面全是古今名士的詩作。晏殊讓身旁的侍從大聲朗讀壁上的詩，並囑咐侍從不要說出詩人的名字。他自己則閉著眼，慢慢地來回走動，侍從則不停地讀著壁上詩。往往一首詩還未讀完，晏殊就搖頭叫停。壁上詩幾乎讀完，也沒有一首稱意的。這時侍從又讀一首詩作：

水調隋宮曲，當年亦九成。

哀音已亡國，廢沼尚留名。

儀鳳終陳跡，鳴蛙只沸聲。

淒涼不可問，落日下蕪城。

這首詩剛讀完，晏殊馬上睜開眼顯得十分興奮地問：「這首詩是哪位名家的佳作？」侍者答道：「作者是江都縣尉王琪。」

晏殊十分高興，馬上派人把王琪召來，並和他一起吃午飯。吃完後他們又在寺旁的池塘邊繼續欣賞風景。這時忽然吹來一陣風，池邊的桃花紛紛墜落水中。晏殊來了興致，便對王琪說：「我在空閒的時候喜歡吟詩作詞，一有妙句便寫下來貼在牆上。有時上句寫下了，下句常常不知如何去寫。」

王琪聽了便問：「不知大人有何佳句至今還未對出下句

來？」

晏殊答道：「比如『無可奈何花落去』，至今仍未對出下一句。」

王琪聽罷，馬上就對出了一句詩：「似曾相識燕歸來。」

晏殊聽了，大加讚賞，說：「你真是我的知音啊！」於是尋一靜室，喚下人備好文房四寶，立即書寫所作《浣溪沙》於紙上。

從此，晏殊和王琪成爲了好朋友，晏殊將他調至自己身旁。在空閒的時候，兩人經常討論詩詞佳句，關係相處得非常好，晏殊稱王琪是自己的知音。

這首經兩人合作而完成的詞作是抒寫悼惜春殘花落，好景不常的愁懷，又暗寓相思離別之情。語意十分蘊藉含蓄，通篇無一字正面表現思情別緒，讀者卻能從「去年天氣舊亭台」、「燕歸來」、「獨徘徊」等句，領略到作者對景物依舊、人事全非的暗示和深深的怨歎。詞中「無可奈何花落去」一聯工巧而流利，風韻天然，向稱名句。

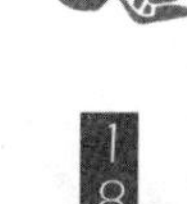

互相欽佩的兩位文學巨匠

一叢花

——張先

傷高懷遠幾時窮？無物似情濃。離愁正引千絲亂，更東陌、飛絮濛濛。

嘶騎漸遙，征塵不斷，何處認郎蹤！雙鴛池沼水溶溶，南北小橈通。

梯橫畫閣黃昏後，又還是、斜月簾櫳。沉恨細思，不如桃杏，猶解嫁東風。

注釋

- 千絲亂：許多柳條隨風亂舞。形容內心煩悶憂愁。
- 東陌：城東的街道。
- 嘶騎：嘶鳴著的馬。此處指離自己而去的情人。
- 小橈：小槳。代指小船。

登上高閣眺望遠方，懷念遠方的情郎，這無限的情思何時才能了結？世間萬物，沒有什麼能比戀情更加濃烈。分離

的愁苦正像那紛紛亂亂的柳絲，更有那東街上飄飛的白絮，令人心煩意亂。想當初，心上人騎著馬兒漸漸遠去，一路上塵土飛揚，我到哪裡去辨識情郎的行跡！池塘中春水溶溶，併頭的鴛鴦在縱情嬉戲，池南池北，小船兒悠然往返。

想想從前，心上人登上樓梯，黃昏後，我們在畫樓中相偎相依。看如今景物依舊，還是那彎斜月，還是舊日的簾櫳。細細品味，離愁別恨竟是如此深重。真不如那桃花杏花，還懂得及時嫁給東風。

背景故事

北宋神宗熙寧五年（1073年）農曆六月的一個傍晚，西湖正是「接天連葉無窮碧，映日荷花別樣紅」的季節。在湖心亭一個石桌旁圍坐幾個做官模樣的人，大家正在飲酒賦詩，猜拳行令。席間不斷發出爽朗的笑聲。原來這是杭州通判（州的副長官）蘇軾利用閒暇時間與幾個朋友在西湖上飲酒賞景。在座的有杭州知州楊繪和幾位文人雅士。其中一位面容清臞，鬚髮皆白的老者，一面飲酒，一面不時地看著湖上往來的遊船，默默不語。突然，他對楊知州和蘇通判說：「今日在座各位都有佳作，我也做出一首詞，少不得也要獻醜了。」眾人連忙放下酒杯，洗耳恭聽。老人便抑揚頓挫地吟誦起來：

……聞道賢人聚吳分。試問，也應傍有老人星。

大家聽了，都說是好詞。蘇通判說：「妙，妙，妙，真

不愧是『桃杏嫁東風郎中』。」

這位朗誦詞的老者正是有名的前輩詞人尚書都官郎中張先，這時他已經八十二歲，早已經告老歸田。蘇軾雖比張先小四十七歲，但是才名播於四方，張先很敬重他，二人已結爲忘年之交。這時張先聽蘇軾稱他爲「桃杏嫁東風」郎中，不由陷入了沉思，歎了口氣說：「蘇通判這一聲郎中又讓我想起了永叔（歐陽修的字），可惜這位一代文章宗師前不久已在潁州去世，如果今天他也在的話，該有多好。永叔對我的知遇之情，讓我終生難忘啊！」接著，張先講起了他與歐陽修相交的往事來。

原來，歐陽修十分喜愛張先的詞，尤其喜歡他的那篇《一叢花令》。每當空閒的時候，他總要在書齋中一邊邁著步子，一邊誦讀這首名作。

讓人遺憾的是他一直與張先都不認識。後來，歐陽修任參知政事時，早已辭官歸鄉的張先因有事進京，於是就順便去拜望一下當時名揚四海的文壇泰斗、古文大家歐陽修。當時歐陽修正在家中讀書，一聽守門人說張先來訪，非常高興，匆忙間連鞋子都穿倒了，也沒有來得及換，便出來迎接客人。一見面便大叫道：「你就是『桃杏嫁東風』郎中吧？久聞大名，只是無緣相見。」張先也說出了自己對歐陽修的仰慕之情，兩人一見如故，講詩論詞，終日不倦……

現在提起這件往事，張先還顯得十分激動。蘇通判這時插話說：「我朝初年，文風萎靡不振，最是誤人誤國。多虧

歐陽師尊力挽狂瀾，橫身當事，開一代風氣之先，才有我朝今天的文章。我與舍弟（蘇轍）嘉祐元年（1056年）中同榜進士，多虧了主考官歐陽師尊賞識，不然的話早已名落孫山了。去年九月，我來杭州赴任，路過潁州時，和舍弟專程去拜訪他老人家，想不到他老人家這麼快就離開我們了。」

一提起歐陽公的謝世，大家都停杯不飲，心中默默祭奠這位砥柱中流，慧眼識才的文壇領袖……

張先的這首《一叢花》寫的是一位閨中人在她的情人離開之後，春日登樓望遠，引起的相思和離愁。詞中極其細緻地表現了這位女主人翁對環境的感受，以及對美好生活的追求。

送友得佳句

卜運算元（送鮑浩然之浙東）——王觀

水是眼波橫，山是眉峰聚。欲問行人去那邊？眉眼盈盈處。才始送春歸，又送君歸去。若到江南趕上春，千萬和春住。

- 鮑浩然：作者朋友。之：到。
- 浙東：浙江東部。
- 眼波：比喻美人的眼神。
- 眉峰：指聳起的眉毛。
- 盈盈：美好的相貌。

綠水像是女子那橫流的秋波，青山像是那蹙額的眉峰。探問遠行人要到哪裡去，原來是要到那山明水秀的浙東去。才剛把春天送走，今天又把你相送。如果到江南還趕得上春天，千萬同春天再住上一段，共度那美好的光景。

背景故事

王觀生活在北宋時期，在當時是有名氣的一位詩人。他曾官至翰林學士，後因所塡的《清平樂》一詞，被認爲是冒犯了宋神宗而被罷官，於是他便更號爲「王逐客」。

王觀落拓不羈，生性詼諧、幽默。他有一位好朋友，名叫鮑浩然，是浙東人。

這位鮑浩然多年離家遠遊，此時思鄉心切，在暮春三月的一天，前來向王觀道別，說他要回到山明水秀的浙東家鄉去了。王觀見老朋友要走，便特意爲他送行，在江邊擺酒設宴，爲鮑浩然餞行。

這是一次普通的分手，它既不是被貶謫，也不是去遠行，而是回故鄉與親人團聚，所以此行沒有「生離死別」的感慨。

離別的時刻到了，開船在即，只見江上水波粼粼，遠處的山峰如黛。王觀看著鮑浩然，遊子歸家，便想到他的妻子一定是日夜盼著丈夫早日歸去。於是，王觀突然有了兩句別有新意的詞句：

水是眼波橫，山是眉峰聚。

有了這兩句佳句，使王觀歡喜不已。這兩句既是眼前之景，又是心中之情，他自以爲這是能夠「千古傳誦」的好句子。

送走老朋友鮑浩然，王觀心中一直不能忘的是他的意外收穫，每每想到這兩句「絕妙好詞」，他都欣喜若狂。

當天夜裡，他被這兩句詞激動的根本無法入眠，便在書房中反覆吟誦，最後，終於寫出了一首《蔔運算元》詞。

放下筆，王觀反覆吟誦，自己不禁拍案叫絕。

此詞一經傳出，立刻引起轟動，人們爭相傳抄，很快遠播千里。因爲這是一首送別詞，所以感情真摯，語言淺易，以新巧的構思和輕快的筆調，表達了送別惜春這一主題。上闋以眼波和眉峰來比喻水和山，靈動傳神：「水是眼波橫，山是眉峰聚。」盈盈綠水似少女眼波流動，簇簇青山像少女攢聚的眉峰。「欲問行人去那邊？眉眼盈盈處。」敢問遠行的人到哪裡去？到山清水秀風景優美的地方去。下闋送別惜春，寄予著對友人的深深祝福：

「才始送春歸，又送君歸去。」剛剛送走楊柳依依的春天，現在又要送您（鮑浩然）走了。

「若到江南趕上春，千萬和春住。」如果日夜兼程，到（浙東）還能追趕上草長鶯飛的江南春色，千萬不要辜負那大好時光，一定要把春天留住。該詞送友惜春，構思新穎，比喻巧妙。水是橫著的脈脈含情的眼波，山是蹙皺著的眉峰。以眉眼盈盈喻山川之美，顯得十分靈動。「若到江南趕上春，千萬和春住。」惜春之情溢於言表，亦寓以對友人的祝福之意。語言俏皮，媚而不俗，在送別詞作中獨領風騷。

 憑才藝進見太守

望海潮

——柳永

東南形勝，三吳都會，錢塘自古繁華。煙柳畫橋，風簾翠幕，參差十萬人家。雲樹繞堤沙；怒濤卷霜雪，天塹無涯。市列珠璣，戶盈羅綺，競豪奢。重湖疊山獻清嘉，有三秋桂子，十里荷花。羌管弄晴，菱歌泛夜，嬉嬉釣叟蓮娃。千騎擁高牙。乘醉聽簫鼓，吟賞煙霞。異日圖將好景，歸去鳳池誇。

注　釋

- 形勝：地理形勢優越之處。
- 三吳：指吳興郡、吳郡、會稽郡。
- 錢塘：即今杭州市，舊屬吳郡。
- 風簾：擋風的簾子。
- 翠幕：翠綠色的帷幕。
- 參差：形容樓閣高低不齊。

- 這句說高樹環繞著沙石堤壩聳立著。
- 霜雪：指雪白的浪花。
- 天塹：天然的壕溝，指形勢險要。舊稱長江為天塹，這裡借指錢塘江。
- 無涯：說江面廣闊。
- 珠璣：泛指珠寶飾物。
- 重湖：西湖以白堤為界，分裡湖、外湖，故曰重湖。
- 疊山巘：重疊的山峰。
- 清嘉：清秀嘉麗。嘉，一作「佳」。
- 桂子：桂花。
- 羌管：羌笛。全句說晴天吹奏笛子。這句說夜晚采菱的歌聲飛揚。
- 釣叟：漁翁。
- 蓮娃：採蓮姑娘。
- 騎：騎馬的軍士。千騎，泛指隨從之多。
- 高牙：高大的牙旗。這裡指大官出行時的儀仗旗幟。
- 煙霞：指山水風景。
- 異日：他日。
- 圖將：畫出來。
- 鳳池：鳳凰池，中書省的簡稱。這裡代指朝廷。

譯　文

錢塘地處東南要衝，是吳越人口會聚的都市，自古以來多麼繁華！看吧：城外湖邊栽著含煙惹霧的垂楊，湖上跨著彩畫裝飾的廊橋；城裡的住宅張設綠色的帷幕，窗上掛的竹簾多麼高雅。樓閣高低不齊、層層疊疊，住著十萬人家。那入雲的高樹，環繞著沙石的堤壩，奔騰的怒濤，捲起雪白的浪花。各家的綾羅綢緞很充足，市場上陳列的珠寶飾物多如麻。人們的生活，都追求奢侈豪華。

那裡外兩湖，那重疊的山峰，秀麗得無以復加。秋天處處丹桂飄香，夏天的湖面上有綿延十里的荷花。晴天笛聲悠揚，月夜菱歌清唱，這些都來自歡樂的漁翁或是採蓮的女娃。長官出巡時，成千的隨從騎著高頭大馬，他們高擎軍旗，聲勢多麼浩大！公餘趁著酒興欣賞音樂，或是吟詠山水的清佳。最好把這美麗的景色繪成圖畫，將來帶回朝廷去定會引起別人羨慕和矜誇。

背景故事

著名詞人柳永跟孫何是少年朋友，但兩人的境遇卻大大不同：孫何是威風八面的堂堂杭州太守，而柳永則仍只是一名能寫歌詞的作家。尤其令柳永感到難堪的是孫何的一個下人，柳曾幾次要求他通報一下太守的故人來訪，但他見柳永穿著一身破爛的衣服，便冷笑一聲：「太守這時候沒空見

客，您就是去了也白搭！」就把柳永給打發走了。

回到住處，柳永心中覺得窩囊之極，想當年自己跟孫太守可是哥兒們，而現在就是想見他一面都那麼不容易。但若要說文學水平，自己可並不比太守大人遜色多少呀；可這世界就是只認得官位。對此，柳永越想便越發洩氣了。

忽然他腦筋一轉，想道：孫何愛好文藝，又禮賢下士，是一個好官，現在只不過是他手下那些人不給通報罷了。我原本就是擅長寫詞曲的，何不寫首歌詞進獻給他？他一讀我這詞曲，定然會高興接待我的。而且，說不準還能得到免費的吃住呢！

想到這裡，柳永便一躍身跳將起來。一首跟他平時只寫給小歌女們淺吟低唱大不相同的詞作，便在他的筆下一氣呵成。便是這首帶有豪邁氣概而且也具有歌功頌德意味的《望海潮》詞。

用盡鋪張手法，寫盡人間天堂之美景，一派繁華景象。雖不脫歌功頌德的俗套，但下筆點染時字字句句新鮮別緻，另有一股清新氣息，都說是美景如畫，但這般景致恐怕是用天下丹青也描繪不出，不如擱筆而歸，找一個「三秋桂子，十里荷花」之地小酌賞景，才不辜負這滿目畫圖給足的美景。

寫罷這詞，柳永就去找歌女楚楚幫忙，真誠地說：「我因拜訪太守大人卻沒有門路，現在就仰仗您這美妙的歌喉了。

事實上，您只要把我剛寫的這詞兒唱給他聽，便可以了。屆時他一定會欣賞並接見我的。」二話沒說的楚楚就在宴會上宛轉悠揚地唱起了柳永這首詞曲。

孫何一聽，果然大為高興，就問這麼好的歌詞究竟是誰寫的，楚楚回答是柳永。孫當即命人邀請故人柳永參與府會。

柳永要求進見太守朋友的目的總算是達到了。

岳飛後人助辛棄疾改詞

永遇樂（京口北固亭懷古）

——辛棄疾

千古江山，英雄無覓、孫仲謀處。舞榭歌台，風流總被、雨打風吹去。斜陽草樹，尋常巷陌，人道寄奴曾住。想當年，金戈鐵馬，氣吞萬里如虎。元嘉草草，封狼居胥，贏得倉皇北顧。四十三年，望中猶記、烽火揚州路。可堪回首，佛狸祠下，一片神鴉社鼓。憑誰問，廉頗老矣，尚能飯否？

注釋

- 京口：古地名，宋代為鎮江府，治所在今江蘇省鎮江市。
- 北固亭：又叫北顧亭、北固樓，在鎮江市東北北固山上，北面臨長江。
- 孫仲謀：三國時吳主孫權，字仲謀。他曾在京口建都，赤壁大戰中，大破曹操軍隊。
- 尋常巷陌：平常的街巷。
- 寄奴：南朝宋武帝劉裕，字德輿，小名寄奴。其先世為徐州人，後遷居京口，劉裕即在京口長大。

- 「想當年」三句：晉安帝義熙中，劉裕曾兩度率軍北伐，先後滅掉南燕、後秦，收復洛陽、長安等地。氣吞萬里，意謂氣概雄豪，足以橫掃萬里敵虜。
- 元嘉：宋文帝劉義隆的年號，西元424年至453年。劉義隆是劉裕的兒子，繼劉裕後為帝。
- 封狼居胥：意謂有志北伐立功。劉義隆好大喜功，他未能正確分析當時敵我形勢，倉促出軍，結果大敗而回。狼居胥，山名，在今內蒙古自治區中部。漢代大將霍去病曾追趕匈奴到狼居胥山，封山為界而還。
- 贏得：落得。
- 倉皇北顧：指宋文帝敗歸江南後，北望而流淚追悔。
- 四十三年：作者於高宗紹興三十二年（1162年）來到南宋，至作此詞時，恰為四十三年。
- 烽火揚州路：當時揚州為南宋淮南東路的治所，轄今江蘇北部、安徽東北部一帶地區，是宋金前沿路份。
- 可堪：哪堪，怎堪。
- 佛狸祠：北魏太武帝拓跋燾小名佛狸。他打敗王玄謨後，追擊至長江北岸的瓜步山（在今江蘇省六合縣東南），並在此山建了一座行宮，後稱此宮為佛狸祠。
- 神鴉社鼓：吃廟食的烏鴉，祭神時所擊的鼓聲。此句言敵占區中一片熱鬧。

• 廉頗：戰國時趙國大將，曾為趙國立下無數功勳。

千古以來江山依舊，然而像孫權那樣的英雄豪傑，如今卻已無處尋覓。當年繁華的歌樓舞榭，宴飲風流，都已經被歷史的歲月沖刷得無蹤無跡。那斜陽照射的荒草古樹間，普通人家的街巷裡，聽說是宋武帝當年棲身之地。想當年他金戈鐵馬，揮師北伐，氣吞山河，如猛虎下山般威猛無比。元嘉之中，文帝義隆草率出兵，企圖像漢將霍去病一樣橫掃北狄，最終卻落得大敗而歸，追悔莫及。回想起四十三年之前，我曾率眾南歸，越過了烽火漫天的揚州邊地。往事不堪回首，那瓜步山頭的佛狸祠下，如今卻是烏鴉啄食，社鼓頻擊，金賊在這裡攘攘熙熙。有誰此時肯來問我，廉將軍年事已高，飲食是否還能與當年相比？

南宋寧宗時期，有一天在鎮江知府辛棄疾的家裡，正舉行一場宴會，現場非常熱鬧，還不時傳來一陣陣歌聲。只見一位漂亮姑娘一邊彈著琵琶，一邊唱著這首《永遇樂》。

原來，知府辛棄疾剛剛完成了一首自己頗爲得意的詞作——《永遇樂》（京口北固亭懷古），他特地請來幾位好友，一來讓他們分享自己創作的喜悅，二來也想聽聽他們的意見，以便把這首《永遇樂》改得盡善盡美。

辛棄疾對精忠報國的岳飛一向懷有仰慕之情，雖然岳飛已殉國多年，但他的孫子岳珂正值青春年少之時，才名素爲辛棄疾所重，因此理所當然地在被邀之列。

一曲終了，辛棄疾覺得還不過癮，命令歌妓再唱。只見他瞇縫著眼睛，用筷子輕輕地在桌上打著節拍，他的頭，乃至於身體也隨著歌曲的節拍一前一後地擺動著，嘴裡還在小聲地哼唱……

一連唱了四五遍，他才讓歌妓停下來。辛棄疾起身拿出自己詞作的原稿，請在座的朋友提出修改意見。有人說：「辛棄疾兄的詞無人能比，是難得的佳作啊！」

有人說：「我們的才能有限，實在提不出什麼更好的意見。」有人即使提出一點意見，也是附和而已。

暮春之際的江南本就燥熱，加之又喝了幾杯酒，辛棄疾的臉上滲出滴滴汗珠，他一邊使勁地扇著羽毛扇，一邊四下裡瞧著，期望有人能提出中肯的意見來，無奈來客大多奉承，沒有真誠的意見。最後辛棄疾望著在座最年輕的客人岳珂，再三誠懇地請他提出批評意見。

岳珂說：「先生之作，脫去古今的俗套，真是前無古人，後無來者。小子何德何能，而敢在前輩面前妄加評論呢？但先生一定要學范仲淹以千金求取《嚴陵祠記》改一字，那麼晚生心下尚有一點懷疑，不知當不當講？」

辛棄疾聽了非常高興，馬上請岳珂坐到自己身邊來，讓他把話說完。

岳珂說：「先生大作上片豪視一世，但唯獨首尾二腔警句有些相似；另外，新作用典故似乎也嫌多了些。」辛棄疾聽了，非常高興，對岳珂更加看重，親自爲他斟了一杯酒，表示謝意，並對大家說：「後生可畏，他的話實在是切中作品的要害之處。」

從此辛棄疾專心地修改起來，每天在緊張的公務之餘，他都要修改數十遍，好長的一段時間過去了，他還在不停地修改。終於把這首新作修改得非常完美。使這首詞成爲自己的傳世名作。

後來，宰相韓胄用事，重新起用辛棄疾。但這位裙帶宰相是有目的的，就是急於北伐，起用主戰派，以期透過打敗金兵而撈取政治資本，鞏固在朝勢力。

精通兵法的辛棄疾深知戰爭決非兒戲，一定要做到知己知彼，他派人去北方偵察後，認爲戰機未成熟，主張暫時不要草率行事。哪知，韓胄卻猜疑他，貶之爲鎮江知府。北固亭是京口（鎮江）名樓，登樓可望已屬金國的長江以北的廣大地區。可以想像，辛棄疾登樓之時，定有幾多感慨存諸心中，蓄積起來，吐之爲詞。

全詞表達了詞人堅決主張抗金，而又反對冒進輕敵的思想，抒發了對淪陷區人民的同情，揭露了南宋政治的腐敗，亦流露出詞人報國無門的苦悶。

這首詞最大的藝術特色在於善用典故。

如孫權以區區江東之地，抗衡曹魏，開疆拓土，造成了三國鼎峙的局面。儘管斗轉星移，滄桑屢變，歌台舞榭，遺跡湮湮，然而他的英雄業績卻是和千古江山相輝映的。劉裕是在貧寒、勢單力薄的情況下逐漸壯大的。以京口為基地，削平了內亂，取代了東晉政權。他曾兩度揮戈北伐，收復了黃河以南大片故土。

這些振奮人心的歷史事實，被具體地概括在「想當年，金戈鐵馬，氣吞萬里如虎」三句話裡。英雄人物留給後人的印象是深刻的，因而「斜陽草樹，尋常巷陌」，傳說中他的故居遺跡，還能引起人們的瞻慕追懷。在這裡，作者抒發的是思古之幽情，寫的是現實的感慨。

無論是孫權或劉裕，都是從百戰中開創基業，建國東南的。這和南宋統治者苟且偷安於江左、忍氣吞聲的懦怯表現，是多麼鮮明的對照！

如果說，詞的上片借古意以抒今情，還比較軒豁呈露，那麼，在下片裡，作者透過典故所揭示的歷史意義和現實感慨，就更加意深而味隱了。

「元嘉草草」三句，用古事影射現實，尖銳地提出一個歷史教訓。這是第一層。史稱南朝宋文帝劉義隆曾三次北伐，都沒有成功，特別是元嘉二十七年最後一次，失敗得更慘。

當時分據在北中國的元魏，並非無隙可乘；南北軍事實力的對比，北方也並不占優勢。倘能妥為籌畫，慮而後動，雖未必能成就一番開天闢地的偉業，然而收復一部分河南舊地，則是完全可能的。

無奈宋文帝急於求成，頭腦發熱，聽不進老臣宿將的意見，輕啓兵端。結果不僅沒有得到預期的勝利，反而招致元魏拓跋燾大舉南侵，弄得兩淮殘破，胡馬飲江，國勢一蹶而不振了。

這一歷史事實，對當前事實所提供的歷史鑑戒，是發人深省的。辛棄疾是在語重心長地告誡南宋朝廷：要慎重啊！你看，元嘉北伐，由於草草從事，「封狼居胥」的壯舉，只落四十三年後，重新經營恢復中原的事業，民心士氣，都和四十三年前有所不同，當然要困難得多。

「烽火揚州」和「佛狸祠下」的今昔對照所展示的歷史圖景，正唱出了稼軒四顧蒼茫，百感交集，不堪回首憶當年的感慨心聲。

「佛狸祠下，一片神鴉社鼓。」佛狸祠在這裡是象徵南侵者所留下的痕跡。四十三年過去了，當年揚州一帶烽火漫天，留下了南侵者的足跡，這一切記憶猶新，而今佛狸祠下卻是神鴉社鼓，一片安寧祥和景象，全無戰鬥氣氛。辛棄疾感到不堪回首的是，隆興和議以來，朝廷苟且偷安，放棄了多少北伐抗金的好時機，使得自己南歸四十多年，而恢復中原的壯志無從實現。在這裡，深沉的時代悲哀和個人身世的感慨交織在一起。

他曾向朝廷建議，應當把用兵大計委託給元老重臣，暗示以此自任，準備以垂暮之年，挑起這副重擔；然而事情並不是所想像的那樣，於是他就發出「憑誰問：廉頗老矣，尚能飯否」的慨歎，詞意轉入了最後一層。

他借古人爲自己寫照，形象飽滿、鮮明，比擬貼切、逼真。稼軒選用這一典故有其深刻的用意，那就是他把個人的政治遭遇放在當時宋金民族矛盾、以及南宋統治集團的內部矛盾的焦點上來抒發自己的感慨，賦予詞中的形象以更豐富的內涵，進而深化了詞的主題。

※為保障您的權益，每一項資料請務必確實填寫，謝謝！

姓名		性別	□男　□女
生日	年　月　日	年齡	
住宅地址	郵遞區號□□□		
行動電話		E-mail	

學歷

□國小　□國中　□高中、高職　□專科、大學以上　□其他＿＿＿＿

職業

□學生　□軍　□公　□教　□工　□商　□金融業
□資訊業　□服務業　□傳播業　□出版業　□自由業　□其他＿＿＿＿

謝謝您購買 品味宋詞（上） 與我們一起分享讀完本書後的心得。務必留下您的基本資料及電子信箱，使用我們準備的免郵回函寄回，我們每月將抽出一百名回函讀者，寄出精美禮物以及享有生日當月購書優惠！想知道更多更即時的消息，歡迎加入"永續圖書粉絲團"
您也可以使用以下傳真電話或是掃描圖檔寄回本公司電子信箱，謝謝！

傳真電話：（02）8647-3660　　電子信箱：yungjiuh@ms45.hinet.net

●請針對下列各項目為本書打分數，由高至低5～1分。

項目	5 4 3 2 1	項目	5 4 3 2 1
1.內容題材	□□□□□	2.編排設計	□□□□□
3.封面設計	□□□□□	4.文字品質	□□□□□
5.圖片品質	□□□□□	6.裝訂印刷	□□□□□

●您購買此書的地點及店名＿＿＿＿＿＿＿＿

●您為何會購買本書？

□被文案吸引　□喜歡封面設計　□親友推薦　□喜歡作者
□網站介紹　□其他＿＿＿＿＿＿＿＿

●您認為什麼因素會影響您購買書籍的慾望？

□價格，並且合理定價是＿＿＿＿　□內容文字有足夠吸引力
□作者的知名度　□是否為暢銷書籍　□封面設計、插、漫畫

●請寫下您對編輯部的期望及建議：

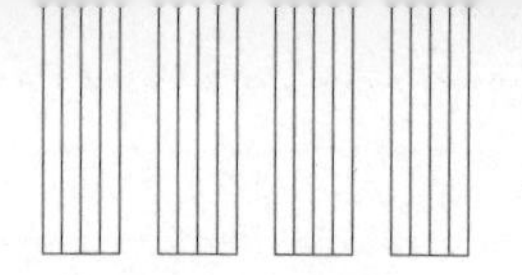

221-03

新北市汐止區大同路三段194號9樓之

傳真電話：（02）8647-3660
E-mail：yungjiuh@ms45.hinet.net

培育

文化事業有限公司

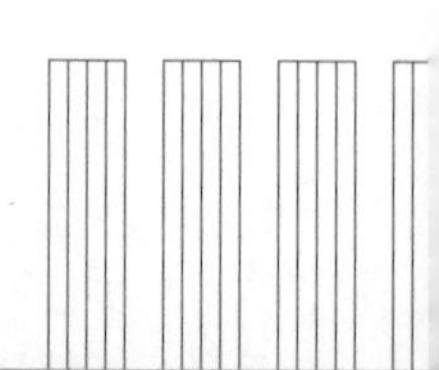

讀者專用回函

品味宋詞（上）

培養文化育智心靈的好選擇